Fastos da ditadura militar no Brasil

Frederico de S.

Martins Fontes
São Paulo 2003

Copyright © 2003, Livraria Martins Fontes Editora Ltda.,
São Paulo, para a presente edição.

1ª edição
novembro de 2003

Acompanhamento editorial
Helena Guimarães Bittencourt
Preparação do original
Célia Regina Camargo
Revisões gráficas
Rita de Cássia Sorrocha Pereira
Margaret Presser
Dinarte Zorzanelli da Silva
Produção gráfica
Geraldo Alves
Paginação/Fotolitos
Studio 3 Desenvolvimento Editorial

Dados Internacionais de Catalogação na Publicação (CIP)
(Câmara Brasileira do Livro, SP, Brasil)

S., Frederico de
 Fastos da ditadura militar no Brasil / Frederico de S. – São Paulo :
Martins Fontes, 2003. – (Coleção temas brasileiros)

ISBN 85-336-1936-7

1. Brasil – História – República, 1889- 2. Ditadura I. Título. II. Série.

03-6522   CDD-981.05

Índices para catálogo sistemático:
1. República, 1889- : Brasil : História   981.05

Todos os direitos desta edição reservados à
Livraria Martins Fontes Editora Ltda.
Rua Conselheiro Ramalho, 330/340 01325-000 São Paulo SP Brasil
Tel. (11) 3241.3677 Fax (11) 3105.6867
e-mail: info@martinsfontes.com.br http://www.martinsfontes.com.br

Índice

Apresentação.. IX
Introdução... XIX

I – Os acontecimentos do Brasil

Notícias telegráficas da revolução – O exército e o partido republicano – Como na Espanha – As primeiras prisões e deportações – Perigo nacional no Brasil – O que fez Dom Pedro II – Incertezas do futuro.. 1

II – Ainda os acontecimentos do Brasil

O que sabe a Europa da revolução do Rio de Janeiro – O sr. Rui Barbosa e o fio elétrico – O Imperador não recebeu 5,000 contos – Está destruída a calúnia proclamada ao mundo pelo Governo Provisório – Anúncio de decreto contra a liberdade de imprensa – Novas violências – O sr. Rui Barbosa anuncia à Europa uma grande bebedeira de alguns soldados brasileiros – A ditadura convoca a Constituinte para novembro de 1890 – Por que quis a ditadura conservar-se um ano no poder – A religião positivista – Legislação e impostos decretados sem audiência do povo – Escravização do país................... 9

III – Fastos da ditadura

Anarquismo e militarismo ou força e desordem – O militarismo quer gozar: dinheiro, poder e vaidade – Rivalidades – O entusiasmo da imprensa – A anemia e o nervosismo da população fluminense – A preocupação e a mania mórbida do exibicionismo – Fracasso da patriotada do pagamento da dívida nacional por meio de uma subscrição – O exército participa do estado geral da população – O militar sedentário, afilosofado e discursante – Bacharelismo militar – Aclamações de generalíssimo, de general-de-brigada, de vice-almirante etc. – Práticas pretorianas – A ditadura continua a gravitar para o espanholismo político – A ditadura quer assegurar no continente a hegemonia da República Argentina – As Missões – Fraternidade para não haver guerra – Muito exército para haver muita promoção e muito soldo elevado – Atrocidades republicano-soldadescas no Maranhão – Visconde de Pelotas – Cláusula testamentária do sr. Deodoro designando para seu herdeiro o sr. Rui – O ditador lega o supremo governo do Brasil como se este governo fosse sua propriedade particular – Um jornalista elogia este ato de *sublime magnanimidade*........................... 21

IV – A ditadura no Brasil

Fatais abjeções do regime ditatorial – Lisonja, degradação e nepotismo – Ainda a liberdade de imprensa: comissões militares – O decreto de 23 de dezembro liberalmente interpretado pelo sr. Quintino Bocaiúva – Violências soldadescas – A questão e o negócio das Missões – O sr. Bocaiúva no Rio da Prata – O desprestígio do Brasil em Buenos Aires – Opiniões da imprensa platina – Humilhações para a dignidade brasileira – O sr. Bocaiúva radiante – A cessão definitiva de parte do território nacional – O que vale esse território – O Brasil desarmado – O segredo do tratado – A máxima de que o segredo é a alma do negócio, transplantada, com razão, do mundo dos negociantes para a esfera da diplomacia do sr. Bocaiúva – Uma aliança – O reconhecimento da ditadura – O Brasil e a Europa – O crédito do Brasil – A ditadura é o descrédito – Novas medidas compressoras da liberdade – O sr. Benjamin Constant e o seu singular desinteresse – A responsabilidade do sr. Deodoro.................. 39

V – **As finanças e a administração da ditadura brasileira**
O governo dos Estados Unidos manda um simples encarregado de negócios reconhecer oficialmente o governo do sr. Deodoro – Simplicidade daquele diplomata – O *self-government* entendido segundo o sr. Lee – A boa doutrina, a propósito de um teatro – O militarismo interesseiro e utilitário do sr. Deodoro e dos seus companheiros – Nobre desinteresse de alguns militares espanhóis contraposto às práticas dos militares brasileiros – Obliteração do senso moral entre os militares políticos – Uma Constituição pelo amor de Deus – Confusão de princípios e desordem nos planos constitucionais – A Constituição é difícil de sair – Novo decreto contra a imprensa – *Coisas políticas* da *Gazeta de Notícias* – Onde está a coragem? – Prova de que a ditadura não faz caso da opinião – O jornalista mosca do coche político – Cartazes sediciosos – Asneira policial – A liberdade de imprensa: violências – Bom preparo para as eleições – O descrédito do Brasil na Europa – Quadro da depreciação de todos os títulos brasileiros cotados em Londres – O sistema Rui Barbosa julgado pelo bom senso e por Paul Leroy Beaulieu – O sindicato dos amigos do sr. Rui Barbosa – A formação do Banco dos Estados Unidos do Brasil – Negócios... – O dinheiro do Estado – *Manifestação* à boca do cofre feita ao sr. Rui Barbosa – Ainda as violências – A classe militar e os jacobinos – O destino que espera o partido republicano e o exército no Brasil – Só Deus é grande! 69

VI – **A República Brasileira**
O que é a república e o que é a ditadura do sr. Deodoro – O general Benjamin Constant – A sua compreensão do dever militar – O seu regulamento das escolas militares – O exército como as nações cultas o compreendem – O militarismo do sr. Benjamin Constant – Proveitos, lucros, vantagens, discursos e nada de batalhas – O boulangerismo brasileiro – O sr. Latino Coelho e o militarismo político – Bizantinismos constitucionais da futura República Brasileira – O que pensa o povo brasileiro – O povo abstém-se de querer intervir nos negócios públicos – A fraude – O lirismo do sr. Rui Barbosa – Novos

atentados contra a liberdade individual – O conde de Matosinhos fugindo à *liberdade republicana* – A ditadura deseja a humilhação de todos os brasileiros – Vandalismo republicano – O sr. Benjamin Constant: seu ódio ao velho Dom Pedro II, seu benfeitor – A demissão do sr. Carlos de Laët – Imunidades e garantias de um irmão do ditador – O militarismo tumultuário no Rio Grande do Sul e na Bahia: deposições de dois governadores pela força armada – Novos *heroísmos* – O histerismo político no Rio de Janeiro – Provas de irresponsabilidade mental da ditadura a propósito da calúnia oficial por ela propagada de haver o sr. Dom Pedro II recebido 5.000 contos – O militarismo é odioso sempre, mas, às vezes, é divertido – Os ministros são feitos *generais de brigada!* – As adesões que recebemos do Brasil – A consciência da justiça que nos inspira.. 103

Apresentação
Um homem contra um regime

Este livro é o primeiro mas não o único libelo contra a República. É fruto de algumas singularidades. A primeira, ter sido escrito por quem nunca manifestara interesse pela política. A segunda, residir o autor em Paris, razão de só ter conhecimento dos fatos, como ele mesmo confessa, pelos telegramas que chegavam à Europa. E a terceira, a circunstância de, embora confessando-se conservador, não ter sido o autor militante da causa monárquica, mesmo sendo neto do Barão de Iguape.

É bem verdade que o irmão mais velho, Antônio, um dos maiores empreendedores do Brasil, foi deputado geral em quatro legislaturas, senador, duas vezes ministro da Agricultura e titular da pasta dos Estrangeiros no antepenúltimo e no penúltimo gabinete do Império. Mas uma frase proferida no auge de sua carreira permite defini-lo. Foi quando disse que "nunca o seduziram os ouropéis da realeza". Afirmação, por sinal, de que deu prova ao recusar o título de visconde de São Paulo, com o qual lhe quis galardoar o imperador. Além disso, ao contrário do irmão caçula, em nenhum momento se sentiu incompatibilizado com o novo regime. Tanto que foi deputado à Constituinte republicana de 1890/91. O outro irmão, Martinho, promotor público e voluntário na Guerra do Paraguai, foi, inclusive, o chefe da propaganda republicana em São Paulo. E Caio, falecido prematuramente aos 36 anos, além de deputado provincial, presidiu a província do Ceará, "mas em tudo cumprira antes deveres e encargos impostos pela posição e pelas tradições de sua família do que cedera a uma vocação bem definida", como escreveu Capistrano de Abreu no necrológio de Eduardo Prado[1].

De onde vinha, então, o feroz anti-republicanismo do autor dos *Fastos*, em razão do qual se transformou num adversário do regime que o elegeu como um dos inimigos? Capistrano, que foi seu amigo, e tão bem o conheceu, tem uma explicação: "Em seu monarquismo entravam elementos muito diversos. Humilhava-o a inauguração de levantes e pronunciamentos militares vigentes na América espanhola, do que o Brasil tinha se mantido imune; chocava seus instintos de artista ver abolida uma instituição antiga, a única antiguidade americana, elo que prendia uma cadeia ininterrupta de nove séculos; indignava-o a indiferença, a bestialização dentro do país; ofendia-o a ironia do estrangeiro; e em todos esses sentimentos confirmou-o o rumo que assumiam as coisas."

Seus sentimentos, o refinamento estético e o interesse pela vida intelectual tornam a explicação muito provável para quem, até então, tinha levado a vida que o embalara desde o berço: rico, culto, ilustrado, desfrutando as inúmeras viagens que o levaram pelo mundo até as lonjuras da Nova Zelândia e da Austrália. Residindo em Paris, na Rue de Rivoli, tornaram-se freqüentes suas incursões por Londres e Roma, a ponto de levar o amigo Eça de Queirós a tomá-lo como modelo de seu personagem Jacinto, no romance *A cidade e as serras*. Mesmo distante do Brasil desde 1886, quando fixou residência em Paris, podia contar com rica e variada biblioteca, que veio a ter 14.000 volumes e valioso arquivo em que colecionava documentos e notícias sobre o Brasil publicadas nos principais jornais europeus. Mais preciosas que livros e documentos eram a amizade e a admiração dos amigos. Entre eles, Rio Branco, o maior conhecedor da história militar do Brasil, e os contemporâneos de sua geração que cultivou com esmero: Eça de Queirós, Ramalho Ortigão, Rui Barbosa, Machado de

---

1. J. Capistrano de Abreu, artigo publicado no *Jornal do Commercio* de 5 de setembro de 1901 e reproduzido em *Ensaios e estudos (crítica e história)*, 1ª série, Rio de Janeiro, edição da Sociedade Capistrano de Abreu, Livraria Briguiet, 1931, pp. 339-48.

Assis, Joaquim Nabuco, Euclides da Cunha, Capistrano de Abreu, Sílvio Romero, José Veríssimo, Tobias Barreto, Olavo Bilac e André Rebouças, aí incluídos, indistintamente, monarquistas e republicanos, tradicionais ou neoconvertidos.

Conheceu e supõe-se que apreciava os Estados Unidos, pelas referências que fizera ao país. Mas Capistrano conta que, ao tomar conhecimento de que Domício da Gama tinha sido designado para servir de secretário da missão Rio Branco com o governo de Washington, onde granjearia sua primeira e retumbante vitória diplomática, Eduardo Prado prognosticou: "Domício há de ficar mal impressionado; há de achar-se deslocado e coato; uma alma de artista não pode sentir-se bem naquela terra." Parece que falava de si mesmo. Pois seu candente e ácido livro sobre a vocação imperialista daquele país, *A ilusão americana*, publicado em 1893, quando já tinha voltado ao Brasil, foi o que mais dissabores lhe causou. Os exemplos e argumentos de que se valeu para denunciar o servilismo republicano do Brasil ao modelo político da América do Norte mostram que, efetivamente, conhecia o país e sua história. E parecem não deixar dúvidas de que sua admiração era limitada a poucos aspectos de sua civilização.

Apreendido o livro pela polícia, no dia do lançamento, seguiu-se a ordem de prisão contra o autor, no país já conflagrado pelo movimento de Canudos, pelo levante da esquadra e pela revolução federalista do Rio Grande do Sul, e por isso submetido ao estado de sítio. Ciente dos riscos que isso implicava, partiu a cavalo de sua fazenda no interior de São Paulo e embrenhou-se na aventura que o levou a cruzar desde os sertões de Minas e da Bahia até Salvador, onde logrou tomar o navio que o levou como emigrado a Portugal. Em Lisboa, permaneceu o tempo necessário para aprestar-se para a viagem a Londres, onde, valendo-se do extraordinário acervo do Museu Britânico, preparou a segunda bem documentada edição do livro que o levara ao exílio, datada de 7 de novembro de 1894. No apêndice da obra, ele mesmo dá conta de suas desventuras sob o governo republicano:

> No dia 4 de dezembro de 1893 foi posto este livro à venda nas livrarias de São Paulo. Vendidos todos os exemplares prontos nesse dia, foi às livrarias o chefe de polícia e proibiu a venda. Na manhã seguinte

a tipografia em que foi impresso o livro amanheceu cercada por uma força de cavalaria, e compareceram à porta da oficina um delegado de polícia acompanhado de um burro que puxava uma carroça. O delegado entrou pela oficina e mandou ajuntar todos os exemplares do livro, mandando-os amontoar na carroça. O burro e o delegado levaram o livro para a repartição da polícia.

Quem assim debicava da autoridade dava bem idéia do que era capaz, quando se dispunha a afrontar tudo quanto lhe repugnava. Por esse apêndice, redigido em Londres, não corria riscos, pelo menos enquanto não voltasse ao Brasil. Mas no mesmo dia da apreensão da 1ª edição da obra, escrita para espicaçar o regime que em tudo parecia imitar a república americana, o jornal *A Platéia* publicou sua entrevista que ele também fez questão de transcrever no apêndice:

> Na minha infância, havia na rua de S. Bento um sapateiro que tinha uma tabuleta onde vinha pintado um leão que, raivoso, metia o dente numa bota. Por baixo, lia-se: Rasgar, pode – descoser, não. Dê-me licença para plagiar o sapateiro e para dizer: Proibir, podem, responder, não.
> Quanto ao honrado chefe de polícia, penso que S. Exa. lisonjeou-me por extremo, julgando a minha prosa capaz de derrotar instituições tão fortes e consolidadas, como são as instituições republicanas no Brasil.
> Demais, S. Exa. pode dizer-se que, só por palpite, proibiu o livro. Saiu o volume às quatro horas e às cinco foi proibido antes de a autoridade ter tempo de o ler.
> Confesso que a publicação foi um ato de ingenuidade de minha parte. Não quero dizer que confiei, e por isso digo antes que estribei-me no art. 1º do decreto nº 1.565 de 13 de outubro passado, regulando o estado de sítio. O vice-presidente da República e o sr. seu ministro do Interior disseram nesse artigo:
> "Art. 1º É livre a manifestação do pensamento pela imprensa, sendo garantida a propaganda de qualquer doutrina política."
> E com suas assinaturas empenharam a sua palavra nessa garantia. Escrevo um livro sustentando a doutrina política de que o Brasil deve ser livre e autonômico perante o estrangeiro, e adoto o aforismo de Montesquieu, de que as repúblicas devem ter como fundamento a virtude.
> O governo é contrário a essas opiniões, e está no seu direito. Manda, porém, proibir o livro! Onde está a palavra do governo, dada solenemente num decreto, em que diz garantir a propaganda de qualquer doutrina política?

A sabedoria popular diz: Palavra de *rei* [grifada no original] não volta atrás. O povo terá de inventar outro provérbio para a palavra do vice-presidente da república.

Esse episódio ocorreu quatro anos depois de proclamada a República e decorridos dois da publicação, em Paris, de outro libelo contra o novo regime, *Advento da ditadura militar no Brasil*, do visconde de Ouro Preto, o presidente do Conselho deposto em 15 de novembro de 1889. A obstinação de Eduardo Prado continuava tão viva quanto à da época em que divulgou, na *Revista de Portugal*, os artigos depois transformados no livro ora reeditado, os *Fastos da ditadura militar no Brasil*. Este não lhe causou os dissabores de *A ilusão americana*. Primeiro, pela elementar razão de que se encontrava fora do país, enquanto o Governo Provisório, inexperiente nas fainas do poder, lutava por instaurar a República que o decreto nº 1 do novo regime declarou "proclamar provisoriamente". Depois de 65 anos de um sistema que conheceu apenas dois imperadores e algumas regências, era desconcertante para muita gente que tivéssemos passado a viver em um novo regime proclamado provisoriamente, sob um governo que também se declarou provisório...

A República se instalou no país, portanto, sob o signo da precariedade. E o período que vai de 1889 a 1895 iria prová-lo. Não foi sem razão que Aristides Lobo, ministro do Interior do governo "provisório", teve a coragem de afirmar, numa carta, que o povo assistiu "bestializado" ao que se passou em 15 de novembro. Mas esse não era o seu principal problema. Outros percalços estavam por vir. E os artigos de Eduardo Prado, publicados em Lisboa numa revista que mal circulava entre os intelectuais brasileiros, eram apenas o primeiro, ainda que incomodassem o governo.

Logo que foi fundada a *Revista de Portugal*, Eça de Queirós convidou alguns brasileiros para colaborar, entre eles Rio Branco, Domício da Gama e Eduardo Prado. Este último enviou sua primeira colaboração publicada no quarto número da revista, de outubro de 1889, com o premonitório título "Destinos políticos do Brasil". O artigo, segundo informa José Honório Rodrigues, no capítulo dedicado a Eduardo Prado em sua *História da História do Brasil*[2], "foi

---

2. José Honório Rodrigues, *História da História do Brasil*; a historiografia conservadora, São Paulo, Companhia Editora Nacional, 1988, v. II, t. I, p. 77.

citado por Eça como se fosse um panfleto autônomo, no famoso artigo sobre Eduardo na *Revista Moderna*, em julho de 1898 e reproduzido nas *Coletâneas*[3]. Certamente por se tratar de matéria produzida e divulgada antes da proclamação da República, o próprio autor não a incluiu nos *Fastos*, centrados nos episódios decorrentes do 15 de Novembro, com o ostensivo propósito de mostrar as mazelas do novo regime.

No entanto, embora não seja esse o propósito desta reedição, em que se obedeceu criteriosamente ao desejo do autor, vale a pena ler o que sobre o texto escreveu José Honório Rodrigues, na obra acima citada:

> [...] é uma análise muito sólida e sagaz da política brasileira, uma compreensão viva e penetrante do caráter nacional e, mais ainda, um prognóstico realista do destino do Brasil naquelas vésperas de acontecimentos tão graves. Importa lembrar que sua visão é profundamente reacionária, mas como pensamento reacionário foi muito lúcido e significativo. Não conheço na literatura política brasileira obra de pensador, feita à época, com tanta acuidade. Creio que, sentindo a gravidade da situação da monarquia no Brasil, Eduardo Prado quis, com seus conhecimentos históricos, fazer à minoria dirigente brasileira, monarquista ou republicana, uma séria advertência sobre os perigos que ameaçavam o Brasil na sua unidade e integridade. Este era o sentido do seu ensaio. Mas ele chegou tarde, quando a conspiração ia longe demais para fazê-la parar e os conservadores e liberais monarquistas estavam paralisados pela abolição da escravatura.

Com sua acuidade de historiador e profundo conhecimento da realidade brasileira, José Honório parece ter deixado claras as razões pelas quais Eduardo Prado resolveu não incluir o texto de sua primeira colaboração para a *Revista de Portugal*. Era tarde para a advertência que o artigo encerrava.

Nos seis artigos, publicados nos números da revista correspondentes aos meses de dezembro de 1889, janeiro, fevereiro, março, abril e junho de 1890, há, segundo Capistrano de Abreu, no necrológio já citado, "incontestáveis injustiças e bastante erros; nada, po-

---

3. V. Jorge Pacheco Chaves, *Destinos políticos do Brasil*, monografia inédita apresentada ao Instituto Histórico e Geográfico Brasileiro, 1975.

rém, melhor prova o conceito de que o estrangeiro é a posteridade contemporânea do que a sagacidade e a providência com que deletreia os acontecimentos". Que razões o teriam levado a usar, quando em Paris se encontrava a salvo de qualquer represália do governo brasileiro, o pseudônimo de Frederico de S. e, ao voltar ao Brasil e publicar *A ilusão americana*, que lhe valeram a ordem de prisão e o exílio voluntário, não recorrer ao mesmo artifício? Parece óbvio que, se temesse represálias, quando se encontrava ao alcance dos esbirros do novo regime empregaria o mesmo subterfúgio. Por isso, é lícito supor que pretendesse, quando já no Brasil, afrontar e testar o governo de Floriano que enfrentava enormes dificuldades de toda ordem, com o país dividido. Já depois, sob o governo de Prudente de Morais, ao adquirir em 1895 o jornal *Commercio de São Paulo*, empastelado em 1897, seu propósito era mais visível: promover a causa da monarquia em cuja restauração, segundo Capistrano, sempre acreditou[4].

Houve um sétimo artigo, também não incluído no livro. Seu título, "Práticas e teorias da ditadura republicana no Brasil", cujo conteúdo foi revelado por Jorge Pacheco Chaves no estudo já referenciado, *Destinos políticos do Brasil*. Nesse artigo, depois de increpar duramente o regime, como faz nos seis anteriores que compõem o livro, arremeteu ainda com mais vigor contra alguns corifeus da República. José Honório registra que, tendo Rui Barbosa, antes de se tornar vítima de Floriano, exilando-se na Inglaterra, comparado o marechal Deodoro a Washington, Eduardo Prado faz no texto "um quadro comparativo, colocando lado a lado as duas figuras, enaltecendo Washington e aborrecendo Deodoro. O paralelo é impressionante e a figura menor de Deodoro sai ainda mais diminuída pela grandeza natural e histórica de Washington", arrematando que "o estudo é valioso pelo caráter comparativo do militarismo na América Latina"[5].

Eduardo Prado não chegou a conhecer as entranhas do Governo Provisório presidido por Deodoro e integrado por velhos republicanos, como Aristides Lobo, ou pelos recém-convertidos, como Rui Barbosa. A coletânea das atas das 41 reuniões do gabinete, seguramente o mais devastador documento sobre os pródromos da Repú-

---

4. *Op. cit.*, p. 342
5. *Op. cit.*, p. 92

blica, só foram divulgadas por Dunshee de Abranches, em capítulos, no jornal *O Dia* em 1901, ano da morte do autor de *A ilusão americana*. E, reunidas em livro, só tiveram sua 1ª edição em 1907[6]. Se tivesse conhecido, com a revelação dos conflitos e mesquinharias humanas reveladas em toda a sua crueza, em uma das salas da sede do governo, o Palácio Itamarati, onde mais tarde se instalou o ministério das Relações Exteriores, seu libelo teria sido, seguramente, bem mais devastador.

Seus dois mais divulgados livros, os *Fastos* e *A ilusão americana*, o tornaram conhecido como um panfletário político. Se não tivesse morrido aos 41 anos, sua enorme erudição e seu devotamento à causa do Brasil teriam feito dele um dos mais autorizados intérpretes da realidade brasileira, a que ele dedicou boa parte de sua vida. As palavras deste livro são duras, candentes, e se transformaram num labéu pespegado na memória de nossa conturbada República. Este, no entanto, é apenas o primeiro dos muitos percalços com que teve que se defrontar o regime instaurado em 15 de novembro. *A ilusão americana* só não foi o segundo porque antes dela apareceu, em 1891, o do visconde de Ouro Preto, presidente do último gabinete do Império, deposto pelo movimento de 15 de novembro, *Advento da ditadura militar no Brasil*, impresso em Paris.

Ao fazer suas arrasadoras críticas contra a República, Eduardo Prado tinha consciência não só de estar fazendo história, mas sobretudo de estar escrevendo para as futuras gerações. Cândido Mota Filho, autor de sua biografia, lembra que "não era Eduardo um homem para ficar, por muito tempo, entre o desânimo e a esperança". E logo acrescenta: "Deixou a felicidade parisiense. Esqueceu as suntuosas reuniões que promovia em seu apartamento, onde convocava todos os homens cultos de sua amizade e de sua admiração. Daí por diante, assumiu ares de um convencional suspeito e se tornou alvo de ameaças, insultos e calúnia. Seus amigos inquietaram-se com isso. Não foram poucos os que, pela repercussão de seus artigos, pediram a ele que não continuasse a envolver o renome de sua pátria e a desguarnecer sua segurança pessoal. Tudo em vão. Eduardo prosseguiu. Não podia escutar argumentos que punham a conveniência

---

6. João Dunshee de Abranches, *Actas e atos do governo provisório*, Rio de Janeiro, Imprensa Nacional, 1907. Existe edição fac-similar editada pelo Senado Federal em 1998.

em primeiro plano. Não pertencia a partido político. Não representava nenhuma corrente organizada da opinião pública. Não ambicionava posições. Punha, tão só, o seu destino pessoal a serviço de uma causa, que estava perdida sem clamores e maiores protestos."[7]

Era, solitariamente, um homem contra um regime.

Brasília, julho de 2003.
OCTACIANO NOGUEIRA

---

7. Cândido Mota Filho, *A vida de Eduardo Prado*, Rio de Janeiro, José Olímpio, 1967 (Coleção Documentos Brasileiros), v. 129, p. 174.

Introdução

Contém este volume seis artigos publicados na *Revista de Portugal* contra as práticas adotadas pela ditadura militar e republicana no Brasil e em oposição às teorias liberticidas sustentadas pelos amigos da mesma ditadura.

Têm sido diversamente julgados estes artigos. Em todas as antigas províncias do Brasil eles têm sido mais ou menos integralmente transcritos segundo o grau de liberdade permitida à imprensa, no lugar e na ocasião, pela dureza dos tempos. Cartas vindas de todos os pontos do país e dirigidas à *Revista de Portugal* aplaudem a atitude do seu colaborador. A imprensa portuguesa, alguns dos órgãos mais importantes de alta publicidade crítica, como as revistas mensais da Inglaterra, da Alemanha e dos Estados Unidos, têm traduzido trechos dos artigos de Frederico de S.

Por outro lado, se a Frederico de S. têm faltado desmentidos, porque são de indubitável notoriedade os fatos que ele aponta e comenta, não lhe têm faltado insultos da parte dos interessados mais ou menos ofendidos pela verdade.

Não precisávamos do incentivo das aprovações numerosas que recebemos todos os dias e às quais agradecemos. Não tememos tampouco os insultos. A nosso favor temos uma força muito alta e nobre: a da consciência ao serviço da justiça.

Apenas uma acusação devemos levantar: dizem os sustentadores da ditadura que atacamos e difamamos o Brasil.

Procuram os amigos do despotismo uma sombra por demais augusta para abrigá-los. Dizer os erros e profligar os crimes dos dominadores do Brasil não é insultar aquele grande e nobre país. É preciso ser grande a insensatez do ditador, dos seus parentes, dos seus ministros, de seus empregados e dependentes de toda a casta e espécie para ter qualquer desses homens a coragem de dizer: Quem me ataca, ataca a pátria!

E dizem isto como se eles fossem o Brasil!

Felizmente, para honra da humanidade, o Brasil, graças a sessenta e cinco anos de paz, de ordem e sobretudo de liberdade, abriu para si um grande crédito na opinião universal. Sejam quais forem os desvarios dos usurpadores transitórios, o Brasil obedecerá ao destino superior que fez as nações curáveis de todas as calamidades, de todos os males e também das humilhações amargas do despotismo.

Dizer a verdade ao opressor é defender o oprimido e acelerar a era da sua libertação.

Os verdadeiros patriotas, os homens justos de todos os tempos, têm sabido cumprir este dever.

Os patriotas, que se chamavam Mitre, Sarmiento, Alberdi e tantos outros, que do Rio de Janeiro, de Montevidéu, de Santiago e da Europa desvendavam ao mundo o despotismo militar de Rosas, que escreviam contra o dominador da sua pátria, esses homens – perguntamos nós – seriam inimigos do seu país?

Chamavam-nos decerto assim os jornais de Rosas. A História, porém, coroará os nomes daqueles amigos da liberdade.

E os proscritos do 2 de Dezembro, que de todos os cantos da Europa denunciavam à execração do mundo o homem que suprimira a liberdade francesa, esses homens e o maior de todos, o profeta de Guernesey, eram porventura inimigos da França, porque do estrangeiro diziam a verdade ao ditador do tempo?

As linhas que escrevemos em defesa da liberdade e da civilização do Brasil, no mais absoluto e completo desinteresse, são a prova do nosso amor verdadeiro por aquela terra, que, na América, é a mais bela, a maior da raça latina.

7 de setembro de 1890.
Frederico de S.

I. Os acontecimentos do Brasil
(Dezembro de 1889)

> Notícias telegráficas da revolução – O exército e o partido republicano – Como na Espanha – As primeiras prisões e deportações – Perigo nacional no Brasil – O que fez Dom Pedro II – Incertezas do futuro.

Há dez dias que o cabo submarino tem transmitido da América do Sul para a Europa, na concisão do estilo telegráfico, notícias surpreendentes, que chamaram para aquela parte do mundo a atenção de todos, mesmo dos que, em tempo ordinário, jamais pensam no que vai pelo Ocidente, ao sul do equador.

A queda de uma monarquia e a conseqüente e clássica proclamação de uma república não são espetáculo novo para o nosso século. Estes últimos tempos têm decorrido sem tais fatos, graças ao utilitarismo positivo que domina todas as idealidades políticas, tão em moda há vinte ou trinta anos. A revolta militar do Rio de Janeiro, ampliada, pelo seu resultado, numa revolução; as proclamações; a deposição, a partida do soberano destronado; as mudanças de bandeira, de selos do correio; as prisões, as deportações, os manifestos, até a bênção do arcebispo são episódios obrigatórios destes dramas nos países meridionais, dramas tantas vezes representados e de que a revolução brasileira não é mais do que uma inesperada e (até agora) bem-sucedida *reprise*.

Narrar a verdade dos acontecimentos materiais não é coisa possível; o telégrafo está lacônico, faltam os antecedentes; e carecemos dos detalhes intermediários que só podem dar uma aparência de lógica ao que, à primeira vista, se afigura inexplicável.

Existia no Brasil um partido republicano, e esse partido tornava-se cada dia mais numeroso, mais ruidoso, mais ansioso por dominar o país. Existia no Brasil um exército esquecido, mal organizado, mal instruído e mal pago: um exército no qual havia um oficial para treze soldados; em que o número de oficiais e uma longa paz dificultavam as promoções; em que o pobre soldado vivia fora da vida do regimento, destacado em pequenas guarnições de 20, 10, 5 e até 2 homens pelas vilas do interior, situação dissolvente de toda a disciplina e destruidora de todo o respeito.

Ora, em todo o país em que houver um partido adverso à forma do governo, partido ardente e exacerbado pela impossibilidade de legalmente realizar a sua ambição, e ao lado desse partido houver um exército tão justamente descontente de si mesmo e de todo o mundo, como o exército brasileiro, o acordo entre estas duas forças será fatal porque é lógico. O que resulta desse acordo é sempre a mudança do governo; pouco importa que seja Castellar deposto por Pavia, Serrano por Martinez Campos, ou Dom Pedro II destronado pelo general Deodoro.

A revolução estalou no Rio de Janeiro; e o que fez a guarnição daquela cidade, em ponto um pouco grande, logo o fizeram em pequeno as guarnições das capitais das províncias. A república surgindo no Rio apareceu nas províncias, como uma imagem que, aproximada de um espelho partido em muitos pedaços, é refletida inteira em cada um dos fragmentos mínimos.

Investigar causas não é, porém, a missão do cronista, a quem somente cumpre contar os acontecimentos. O que por ora se pode saber, porém, da revolução brasileira cabe em poucas linhas, extratadas dos telegramas na ordem da sua recepção, e por isso singularmente humorísticas:

> A tropa em estado de revolta. Reina tranquilidade. – O Imperador em Petropolis. Completa paz. – Foi preso o ministerio. População calma. – Foi proclamada a republica. Tudo inalterado. – O Imperador preso no seu palacio. Ordem perfeita. – Fica constituido o seguinte governo provisorio: Marechal Deodoro da Fonseca, presidente sem pasta; tenente-coronel Benjamin Constant, ministro da guerra; Campos Salles, ministro da justiça; Quintino Bocayuva, ministro dos negocios estrangeiros; Aristides Lobo, ministro do interior; Ruy Barboza, ministro da fazenda;

chefe de divisão Wandelcock, ministro da marinha; Demetrio Ribeiro, ministro da agricultura, commercio e obras publicas. As provincias adherem. O Senado, o Conselho de Estado, foram abolidos. A Camara dos Deputados foi dissolvida. Reina socego. – O Imperador e a familia imperial embarcaram para a Europa. – A Bahia não adhere ao movimento. Absoluta unanimidade, etc. etc.

Eis a concisa maneira de se fazer e de se telegrafar a história neste fim de século.

Vieram depois as declarações. Fala primeiramente o Imperador: diz que cede à força, que se inclina diante das circunstâncias, e que, partindo, faz votos pela felicidade do Brasil.

Fala depois o Governo Provisório. Diz que o povo, o exército e a marinha acabam de depor a monarquia; que o Governo Provisório governará até haver um governo definitivo; que o Governo Provisório respeitará todas as opiniões, contanto que não sejam contrárias às do povo, do exército e da marinha; que conservará todos os funcionários; que defenderá a vida e a propriedade não só dos brasileiros, mas *até dos estrangeiros.*

Depois disso vêm telegramas isolados noticiando adesões das províncias; deportação do antigo presidente do conselho; prisão do sr. José do Patrocínio, o abolicionista; prisão do sr. João Alfredo, ex-presidente do conselho, chefe do governo que decretou a abolição; prisão do sr. Mayrinck; prisão do sr. Gaspar da Silveira Martins[1] – todos naturalmente por terem opiniões contrárias às do povo, do exército

---

1. Era falsa a notícia telegráfica da prisão do sr. João Alfredo e do jornalista Patrocínio. Foram, porém, presos muitos outros cidadãos. Basta citar estes: Mayrinck, que depois se tornou o banqueiro do sr. Rui Barbosa; conselheiro Gaspar Silveira Martins, preso em Santa Catarina e depois deportado; conselheiro Cândido Luís Maria de Oliveira, obrigado a emigrar; conselheiro Carlos Afonso de Assis Figueiredo, encarcerado por algum tempo na fortaleza da Lage e depois banido; os deputados Vasques e Joaquim Pedro Salgado, presos na Lagoa dos Patos, quando regressavam para Porto Alegre, e mantidos em prisão por algum tempo por ordem do seu antigo correligionário político Visconde de Pelotas; centenas de cidadãos em São Luís do Maranhão, muitos dos quais, segundo o ex-governador republicano dr. Pedro Tavares, foram submetidos a tormentos (*Gazeta de Notícias*, de 30 de janeiro); Saturnino Cardoso, redator da *Democracia*; dr. Pedro Tavares, redator da *República*, de Campos; Carlos von Koseritz, redator da *Reforma*, de Porto Alegre, morreu na prisão no dia em que devia ser remetido para o Rio de Janeiro; David Job e Ernesto Gerngross, redatores do *Mercantil* do Rio Grande; sr. Hasslocher, redator da *Folha da Tarde* de Porto Alegre; o estancieiro Gaspar Sérgio Luiz Barreto, transportado para o Rio de Janeiro; o dr. João de Menezes Dória, remetido do Paraná; dr. Henrique de Carvalho, recolhido à fortaleza da Lage; Valeriano do Espírito Santo, preso como *criminoso político*; cinqüenta e dois cidadãos, remetidos presos para o Rio de Janeiro pelo governador de Sergipe etc. Enfim, o número de prisões arbitrárias e prisões políticas elevou-se nos primeiros meses do chamado regime republicano a algumas centenas.

e da marinha. Depois, outro telegrama anuncia que o ministro da Fazenda fora aos bancos declarar que o novo governo mantém e retifica todos os contratos celebrados pelo regime imperial, e que não haveria mudança nesse assunto considerável. Em seguida, através de outro telegrama, o Governo Provisório declara que são eleitores todos os brasileiros no gozo dos seus direitos civis, que saibam ler e escrever. (Era o projeto que ia ser apresentado às câmaras pelo ministério deposto com a monarquia.) Depois mais um coronel entra para o governo com o título de secretário-geral[2]; um barão e um visconde militares aderem à república; diferentes militares são nomeados governadores das províncias, ou antes dos Estados – porque o Brasil, imitando o México, a Venezuela e a Colômbia de outro tempo, também se chama *Estados Unidos*, como os Estados Unidos por excelência, que, com a arrogância que lhes é própria, não temerão decerto ser confundidos com quaisquer outros Estados Unidos.

Chega depois a notícia da nova bandeira, seguida dos novos selos do correio; e, por último, o ministro da Fazenda, Rui Barbosa, um antigo inimigo pessoal de Pio IX e de Leão XIII, adversário feroz do *Syllabus*, anuncia piedosamente à Europa que o arcebispo primaz da Bahia deu a sua bênção ao novo governo.

Eis aí uma história telegráfica da revolução brasileira.

*
* *

Vivemos em um país em que ainda é permitido ter *opiniões contrárias às do povo, às do exército e às da marinha*. Temos, pois, plena liberdade de apreciar os acontecimentos do Brasil.

O Governo Provisório, que anuncia (como todos os governos provisórios costumam fazer) que só governará enquanto não houver outro, parece-se até certo ponto com o governo imperial. Declara que não altera o regime financeiro; declara que não muda os funcionários; declara que continua a pagar a lista civil imperial. Faz-se abençoar pelo arcebispo, como fazia o governo imperial; e estabelece o sufrágio universal, como o antigo governo decidira fazer votar pelo parlamento, que se devia abrir dentro de cinco dias.

---

2. O coronel Jacques Ourique. Outro secretário-geral é o sr. Hermes da Fonseca, um dos muitos sobrinhos do general Deodoro.

Só se distingue do governo antigo porque chama Estados às províncias, tem outra bandeira, outros selos de carta – e principalmente porque deporta e prende quem mostra opinião contrária à *do povo, do exército e da marinha.*

Se estas novas coisas são indispensáveis para a felicidade e para a grandeza do povo brasileiro, pensamos que mudar uma palavra, trocar um metro de fazenda por outro de cor diversa e alterar uns quadradinhos de papel eram realmente fáceis de obter dentro do regime imperial. E se o povo brasileiro tivesse reclamado energicamente, ameaçando, quem ousará dizer que o governo decaído negaria essa novidade ao Brasil, essa coisa que parece indispensável à felicidade pública – isto é, o regime da prisão e da deportação para quem não pensar *como o povo, a marinha e o exército?*

Não podemos perceber como todas estas coisas possam influir beneficamente nos destinos do Brasil. Desejaríamos saber se o povo brasileiro só com estas mudanças se vai tornar mais civilizado, mais enérgico, mais apto para realizar a sua missão na história.

Essa missão ficará desde logo frustrada, se a república federal importar no enfraquecimento da unidade. Muitos pensadores estrangeiros afirmam já que o Brasil se dividirá em vários Estados independentes; e que as rivalidades regionais, de hoje, facilmente se transformarão em hostilidade inextinguível. A comunidade de origem, a raça, a língua, a religião idênticas não são suficientes garantias da conservação da harmonia. Como muito bem observou há dias o *Spectador,* de Londres, tratando do Brasil, não há no mundo dois povos que tenham ódio recíproco tão profundo como os chilenos e os peruanos, e ambos descendem de espanhóis, falam a mesma língua, têm a mesma religião. A unidade certamente desaparecerá. Já um artigo do *Tempo* atribuído ao sr. Oliveira Martins, artigo que (êxito virgem para a imprensa portuguesa) tão citado foi na imprensa européia, e que tantos comentários aprovativos despertou da parte do *Journal des Débats,* do *Temps,* do *Times* e da *Neue Freie Press,* prevê a divisão do Brasil em três novos Estados: a Amazônia, um estado central e o extremo sul, destinado a ser absorvido pela República Argentina, logo que esta, cessando a oposição do Brasil, possa realizar o seu velho ideal de reconstituir republicanamente o antigo vice-reinado de Buenos Aires, que compreendia o Uruguai e o Paraguai.

Através de tudo isto, a única figura grande, a mais nobre personalidade, é a do Imperador destronado, contra quem o manifesto revolucionário do Governo Provisório nem uma só acusação ousou formular, e nem uma só queixa articulou.

Esse velho deixa uma país onde começou a reinar aos cinco anos de idade; e tão brasileiro foi ele que a sua *Biografia* não deve ter este nome, mas sim o de *Meio século de História do Brasil*. Caiu pelo excesso de algumas das virtudes que hão de imortalizá-lo. O que era a inteligência nacional do Brasil há cinqüenta anos? Basta dizer que era talvez inferior à de Portugal no começo do século...

O Imperador Dom Pedro II elevou o nível intelectual do seu país sendo um rei civil. Ora, o Brasil, em vez de uma sociedade, seria hoje um quartel, se o Imperador fosse não um rei constitucional, mas um major instrutor coroado.

Se, em vez de um rei sábio, o Brasil tivesse durante esse período um soberano soldado que, em lugar das bibliotecas, freqüentasse os quartéis, em lugar dos museus e das universidades, visitasse os acampamentos e as fortalezas, a monarquia ainda existiria decerto no Brasil.

O divórcio do Imperador das coisas militares, entendidas à espanhola, foi o que salvou a civilização brasileira, mas foi o que perdeu a monarquia. Em um país sem instrução, em que a brutalidade da desordem militar devia primar a tudo, a monarquia conseguiu, desde logo, formar a preponderância do elemento civil, coisa que na América Latina só o Chile conseguiu muitos anos depois e que a Argentina só ultimamente parece ter realizado.

E não se diga que era tarefa fácil essa de preservar a paz interna pelo refreamento da caudilhagem. A prova disso é que, ao fim de meio século, essa paz desaparece subitamente, e o caudilhismo ressurge no Brasil, depois de se ter afogado a si mesmo em sangue nos países mais adiantados da América Latina.

O Brasil está neste momento sob o regime militar. Quanto tempo durará esse regime?

No tempo do Imperador, quando o soberano resistia aos ministros, se estes insistiam, a coroa cedia.

Hoje, quando o marechal Deodoro pensar de um modo e os seus ministros de outro, quem cederá? A espada, que não tremeu ao ser desembainhada contra as instituições que o general julgara defender, não precisará mesmo reluzir de novo para fazer emudecer e sumir-se debaixo do pó da terra os novos ministros, talentosos patriotas, mas patriotas desarmados.

Quem garante ao Brasil que a revolução de 15 de novembro será a última?

É verdade que, segundo a declaração do Governo Provisório, quem não tiver a opinião do exército e da marinha é um inimigo público no Brasil, e será tratado como tal...

Mas, apesar do exército e da marinha, ou sobretudo graças a eles, talvez um dia, nestas mesmas páginas, um outro cronista (quem sabe se o mesmo?) venha contar aos leitores da *Revista* como se desfaz uma *revolução no Brasil*.

30 de novembro de 1889.
FREDERICO DE S.

II. Ainda os acontecimentos do Brasil
(Janeiro de 1890)

> O que sabe a Europa da revolução do Rio de Janeiro – O sr. Rui Barbosa e o fio elétrico – O Imperador não recebeu 5,000 contos – Está destruída a calúnia proclamada ao mundo pelo Governo Provisório – Anúncio de decreto contra a liberdade de imprensa – Novas violências – O sr. Rui Barbosa anuncia à Europa uma grande bebedeira de alguns soldados brasileiros – A ditadura convoca a Constituinte para novembro de 1890 – Por que quis a ditadura conservar-se um ano no poder – A religião positivista – Legislação e impostos decretados sem audiência do povo – Escravização do país.

O telégrafo submarino continua a ser o grande órgão pelo qual se manifesta ao mundo a vitalidade da nova República dos Estados, mais ou menos Unidos, do Brasil.

Ainda não volvemos a dizer – *Os Brasis* –, como cá no Reino se dizia nos velhos tempos, mas talvez a força das coisas traga em breve o antiquado termo ao uso da linguagem corrente. Isto sucederá, se, dentro de alguns anos, a palavra – *Brasil* –, por fatalidade histórica, deixar de ser a expressão da integridade de uma nação, para ter o valor de uma designação geográfica.

Até hoje, o público da Europa sabe do Governo Provisório do Brasil apenas o que esse governo quer que dele se saiba. O sr. Rui Barbosa, ministro das Finanças (e, ao que parece, ministro do fio elétrico), tem o telegrama fácil, fluido, longo, monótono, por vezes infeliz e freqüentemente contraditório. É natural, de resto, que sejam extensos e repetidos os telegramas de quem telegrafa à custa da Nação, para se pôr bem em evidência perante a Europa, deixando em uma modesta sombra os colegas bem-amados.

Que valor, porém, têm estas mensagens do sr. Rui Barbosa, que tão sonoramente se dirige assim ao mundo? O novo e ardente ministro, sob a garantia do seu nome, ainda então desconhecido na Europa, afirmou que o Imperador, ao partir do Rio de Janeiro, tinha recebido a quantia de cinco mil contos, que lhe fora oferecida pelo Governo Provisório. Enquanto o velho soberano se achava entre o Brasil e a Europa, isolado no mar, sob a placidez estrelada das noites do Atlântico, a sua calma consciência de homem justo, que viu, perdoou e esqueceu tantas misérias, não lhe exprobrou decerto essa falta de caráter, com que o sr. Rui Barbosa, no entanto, o maculava pelo telégrafo. Depois o Imperador chegou a Lisboa e o mundo soube que uma das primeiras palavras do Governo Provisório tinha sido uma cruel falsidade.

Depois dessa estréia telegráfica, tudo era de esperar da bacharelice revolucionária. E (coisas deste fim de século!) a eletricidade, *fulmen coeli*, passou a servir de transmissor dos arrazoados de um letrado repentinamente volvido em intérprete de um soldado.

Os militares, que no dia 15 de novembro necessitaram de alguns bacharéis com boa prosódia para reduzirem a escrita a revolução do quartel, não andaram mal, chamando, entre outros assessores, o sr. Rui Barbosa. O *Times*, que, há mais de um século, tem visto nascer e morrer tantos governos, que está cansado de noticiar *pronunciamientos* espanhóis, revoluções de mestiços hispano-americanos, massacres de haitianos, deposições de tiranos, fuzilamentos de patriotas, exaltações de coronéis, deportações de generais, Constituições feitas por grandes oradores, juradas por doutores, perjuradas por marechais, tudo entre os triunfos e as desaparições de grandes homens, todos mais ou menos e por algum tempo *salvadores de la patria, restauradores de la libertad* etc. –, o *Times*, repetimos, chamou o sr. Rui Barbosa de *garrulo dr. Barbosa*, tanta impressão lhe causou este revolucionário novo que conseguiu, pela sua facunda maneira de argumentar com a Europa, dar um pouco de interesse e relevo ao tipo já banal e gasto do estadista sul-americano, em épocas de *gloriosas revoluções*, de *salvações de pátria* etc. É que a zarzuela espanhola, traduzida em brasileiro, pode parecer, a princípio, coisa original.

Ai de nós! Ai do Brasil! Bem pouco original é ela.

O sr. Rui Barbosa dá-nos um pronto exemplo de incorreção espanhola sempre que trata das relações exteriores do Brasil, e tantas são as suas comunicações para a Europa, que o seu colega dos negócios estrangeiros, anulado, deverá talvez, para matar o tempo, ir tratando das finanças. Mas a feição mais interessante da eletricidade política do sr. Rui Barbosa é a sua ingenuidade. Assim, ele telegrafa ao representante financeiro do Brasil em Londres, ordenando-lhe que desminta *todos* os telegramas desfavoráveis à república. Esta ordem de desmentido incondicional cria para o funcionário uma extraordinária obrigação de mentir! E se vier um telegrama incontestavelmente verdadeiro, embora desfavorável à república? – Desminta! Manda o ministro, e o agente, desmentindo, publica a *ordem de desmentir* com espanto e galhofa de toda a imprensa inglesa.

Quando foi revelada ao mundo a intenção em que estava o Governo Provisório de se conservar no governo o mais definitivamente que pudesse, o sr. Rui Barbosa declarou que a imprensa brasileira apoiava essa desinteressada resolução. Que valor tem a opinião dos jornais, se, nesse mesmo dia, era anunciada a supressão da imprensa da oposição? É desoladora a posição dos jornais no Brasil; os mais independentes a custo arriscam a sombra de uma observação ao governo, diluída em longas e cautelosas frases; os caricaturistas desenham apoteoses do vencedor; a espirituosa *Gazeta de Notícias* deixa passar os mais soberbos assuntos e o grande *Jornal do Comércio* aplaude desajeitado a ditadura. Eles sabem que um artigo contrário ao governo seria para eles a supressão e a ruína, e não ignoram que continuam a viver só por mera condescendência do poder militarizado. A república, assim, em menos de dois meses, destrói a liberdade de imprensa que o Império garantiu e sustentou durante sessenta anos.

Todas as instituições representativas estão abolidas. A liberdade do cidadão está confiscada. Hoje, no Brasil, não há tribunais, não há leis que protejam o indivíduo contra a violência quando ela vem do governo. O cidadão é preso, deportado, sujeito a todas as agressões oficiais, sem ter recurso nenhum contra elas. O poder armado dos soldados e dos marinheiros não tem outro limite além da sua vontade. E o regime da suspeita, da delação, as cenas de perseguição política, cidadãos eminentes transportados pelas ruas entre as baionetas[1], espetáculos desconhecidos da população brasileira, tudo mostra que está destruída a civilização política do país.

---

1. Depois do motim dos soldados do 2º regimento de artilharia montada, no dia 18 de dezembro, foram presos e conduzidos ao quartel-general, para ali serem interrogados, vários cidadãos eminentes, entre os quais os conselheiros Ferreira Viana, marquês de Paranaguá, Alfredo Chaves, Carlos Afonso, Tomás Coelho, visconde de Assis Martins, todos ex-ministros, deputados ou senadores demitidos pela guarnição do Rio de Janeiro. O conselheiro Tomás Coelho, ex-ministro da Guerra e

E o Governo Provisório ousa pretender que comete todos estes crimes contra a liberdade por motivos de salvação pública! Mas, se os brasileiros todos aderiram à república, como o governo anuncia para a Europa, qual a desculpa para esse confisco da liberdade? Não será difícil descobri-la.

O militar que por sua própria deliberação tomou o lugar de chefe do governo marcou a si mesmo um ordenado superior ao de todos os presidentes de república do mundo, exceto o da República Francesa[2]. E o país ainda lhe deve ficar grato, porque, se ele quisesse levar o Tesouro Nacional para a sua casa, ninguém o poderia impedir. Os cidadãos que se constituíram ministros dobraram os ordenados antigos de ministro. Estes simples atos indicam claramente que o Governo Provisório, em matéria de delicadeza e de escrúpulo, se parece com as demais tiranias militares da América. Os prets dos soldados, os soldos dos oficiais, que criaram a nova ordem de coisas, foram aumentados; e foram constituídas novas pensões militares. Um suntuoso palácio foi comprado para residência do marechal chefe do Estado. O cavalheiro mandado ultimamente ao Rio pelo sr. Rothschild, para assessorar o ministro da Fazenda e para velar pelos interesses dos credores do Brasil, estranhará o ir encontrar em um país civilizado quase que os mesmos estilos dele conhecidos outrora no Egito e na Tunísia. Dirá talvez o enviado do sr. Rothschild[3] que muito grande deve ser o patriotismo dos revolucionários, a julgar pela largueza com que, por suas mãos, eles se vão recompensando.

senador, passou pela rua do Ouvidor a pé, sem chapéu, metido dentro de uma escolta de 80 praças. O oficial que o prendeu no seu escritório de advogado não consentiu sequer que ele tomasse o chapéu. Passou assim esse cidadão respeitável diante de seis ou sete escritórios de jornais, que antigamente noticiavam indignados qualquer violência contra bêbados ou gatunos. Ainda em 1888 alguns desses jornais cobriam de elogios o conselheiro Tomás Coelho, membro do gabinete que decretou a abolição total da escravidão, e publicavam o seu retrato. Desta vez não houve um só jornal que ousasse sequer *noticiar* e muito menos condenar a desnecessária brutalidade.
2. O presidente da República Francesa recebe 240 contos; o sr. Deodoro, 120 contos (e seria preciso fazer a conta do que recebem todos os membros da sua numerosa família, toda ela muito bem empregada e largamente remunerada pela ditadura); o presidente da República Argentina, 117 contos; o dos Estados Unidos, 100 contos; o do México, 84 contos. Todos os outros presidentes da América recebem ainda menos. É verdade que quase todos os presidentes da América espanhola, como os ínclitos generalíssimos Máximo Santos e Guzman Blanco, do Uruguai e da Venezuela, fazem fortunas colossais. Deve ser excluído desta regra o presidente do Chile, país em que, não existindo militarismo político, predominam por conseqüência o patriotismo e a honestidade.
3. Este agente, homem de grande capacidade e cujo nome é conhecido de todos os financeiros europeus, esteve dois meses no Rio de Janeiro. Limitou-se, porém, a observar e não inspirou em nada o sr. Rui Barbosa.

A alegria da tropa é naturalmente muito grande também. Foi, sem dúvida, esta alegria que motivou a revolta do dia 18 de dezembro e que o sr. Rui Barbosa explicou à Europa como uma *grande bebedeira de soldados*. E não se reuniu, como outrora, o Clube Militar para lavrar um protesto contra essa injúria que um ministro civil, perante o estrangeiro, lança assim a todo o exército do Brasil!

O Governo, que ainda tão impropriamente se chama Provisório, trata por todos os meios de afastar o mais possível a época da prestação de contas à Nação legitimamente representada por uma Assembléia Constituinte. Os estrangeiros acusam o brasileiro de "tudo adiar para o dia seguinte": e aos viajantes impressiona desagradavelmente o eterno *amanhã! amanhã!* que se ouve através do Brasil. O Governo Provisório, esse já não diz *amanhã*. Diz: *Para o ano!*

A reunião da Constituinte, deixada entrever na primeira proclamação da república e tacitamente prometida ao país como coisa inadiável, foi marcada para o dia 15 de novembro de 1890, ou antes, segundo o calendário da seita positivista da qual saem os capelães da república, para tantos de Descartes de 102! A sede do despotismo é a explicação única dessa sonegação do poder, retido a todo o custo, quando devia ser, sem demora de um dia, restituído ao seu legítimo e único senhor, a soberania nacional.

O governo declara que concede o direito de voto a todos os homens maiores de 21 anos e que souberem ler e escrever; e diz mais, que esse direito caberá também a todos os estrangeiros "que não fizerem declaração formal do propósito de conservar a sua primitiva nacionalidade". Firmado nesse decreto e exagerando hipocritamente as dificuldades de transporte no território brasileiro, o governo militar afirma que a reunião da Constituinte não seria possível antes de doze meses; e cita o exemplo da lei eleitoral de 9 de janeiro de 1881, cuja difícil aplicação forçou o adiamento da eleição para o fim desse ano. Mas quem decidiu esse adiamento? Foi a representação nacional e soberana, quando o país se achava organizado, constituído, em plena paz, com um governo legal, legitimamente munido dos poderes necessários para governar. O adiamento interessado de hoje só tem por motivo a vontade e a vantagem dos ocupadores do poder. Falam na dificuldade de organizar as novas listas eleitorais, homens que não acharam difícil o mudar em uma manhã todas as instituições do seu país! A lei de 1881 estabelecia novas circunscrições, alterava todo o sistema eleitoral e exigia do eleitor uma prova judiciária de renda, prova complicada e lenta. O decreto novo só exige do eleitor o saber ler e escrever, coisa de prova fácil e rápida. De 1881 para 1890 melhoraram muito os meios de comunicação no Brasil; e a prova disso é que, em três semanas, segundo proclama o sr. Rui Barbosa, a república ficou aceita e instalada em todo o país. Parece, porém, que as estradas, os caminhos de ferro, os vapores, os telégrafos, os correios, que transportam os governadores militares para as províncias, que transmitem a nova do advento da república militar, não servem, não funcionam, quando se trata de organizar legalmente essa república e de apressar o fim do militarismo arbitrário.

A população do Brasil, segundo os cálculos otimistas, orça por 14 milhões de habitantes. Nos países em que é forte a proporção masculina, essa proporção é de 48%; no Brasil é certamente inferior; mas, se adotarmos 48%, temos 6.720.000 homens no Brasil. A proporção nas idades da população masculina é de 40% para maiores de 21 anos, ou seja: 2.698.000. A estatística geral brasileira mostra que, na população masculina, apenas 25% sabe ler e escrever, o que dá, como número de eleitores, 621 mil. Ora, já são eleitores atualmente, estão alistados, e são portadores de diplomas perpétuos 220 mil eleitores. Restariam pois a alistar 401 mil novos eleitores. O número de estrangeiros capazes do direito eleitoral está compreendido neste algarismo. A população estrangeira no Brasil não se acha afastada do litoral e vive nas cidades ou à margem dos caminhos de ferro. É preciso ter em vista que grande parte dos imigrantes italianos e portugueses não sabe ler e que a população colonial italiana e alemã apresenta uma forte porcentagem de mulheres e crianças. Haverá avultadíssimo número de estrangeiros que quererão conservar a sua nacionalidade; e a grande maioria dos que tacitamente aceitarem a nacionalidade brasileira será composta dos estrangeiros pobres e iletrados, não dispondo nem de tempo nem de recursos para ir fazer declarações às autoridades. Será muito extraordinário se o novo regime eleitoral der ao Brasil mais 300 mil eleitores. E esses novos eleitores residem quase todos nas povoações, porque no sertão o homem que sabe ler e escrever tem sempre uma situação que já o fazia eleitor pela lei antiga.

Esta simples exposição basta para mostrar a inanidade das razões em que o Governo Provisório se fundou para protelar a época da sua prestação de contas à Nação. Com este adiamento, ele obedeceu apenas à ambição própria e ao jacobinismo sectário que, nos jornais do Rio, em artigos oficiosos, aconselha ao governo que trate a Nação como a um vencido, excita as paixões e os ódios, e pede, implora, mais despotismo, mais arbitrariedade, com a mesma exaltação com que a mocidade nobre, de outras eras e de outros países, pedia mais liberdade.

A república, que a princípio se dizia tão federal, conserva sob o domínio direto e arbitrário do Rio de Janeiro as antigas províncias a que chama Estados. A centralização revolucionária faz-se sentir muito mais do que a centralização imperial.

O Brasil de hoje pode chamar-se a si mesmo "Estados Unidos" tanto quanto quiser. Os únicos Estados Unidos que na História corresponderão sempre à idéia de liberdade, de dignidade e de força moral são os Estados Unidos da América do Norte. E por isso a imprensa daquele grande país tem mostrado o maior desprezo pela aventura jacobino-militar do Brasil.

Não estranhará isso quem comparar o nascimento das duas repúblicas.

O povo brasileiro está hoje debaixo de uma tirania militar que ele não elegeu; e o direito de lançar impostos, que, há 500 anos, o povo inglês contestava ao rei da Inglaterra, está usurpado no Brasil, em pleno século XIX, pelo sr. Rui Barbosa.

O povo das colônias norte-americanas, no século passado, revoltou-se, passou pelos sacrifícios de uma guerra cruel, porque, não tendo representantes no parlamento inglês, contestava a este o direito de lhe lançar impostos. A fórmula – *No representation, no taxation* – que aquele povo adotou é o lema característico dos povos civilizados.

O povo brasileiro está privado hoje da sua representação; e, desde que ele se organizou como nação independente, é a primeira vez que paga impostos criados por outras entidades que não as nomeadas por ele. A entidade que hoje lança impostos no Brasil é um simples advogado, comissionado por alguns soldados.

A República Brasileira começou destruindo o princípio que foi a glória e é o fundamento da República Norte-americana.

É que entre elas medeia mais do que um século, mais do que a distância que vai de Boston ao Rio de Janeiro. Divide-as o imenso abismo que separa um Washington de um Deodoro da Fonseca.

*
* *

Os indivíduos que usurparam o poder público no Brasil não se limitam a dispor da fortuna dos cidadãos.

Eles fazem leis sem consultar o país; eles se arrogam o direito de regular tudo, sem audiência da Nação, com uma autoridade a que nem o czar ousa pretender. Membros desse Governo Provisório fazem discursos em que ridicularizam as eleições e falam do regime e das liberdades parlamentares com o mais cínico desprezo.

Com a confiança que o chefe selvagem tem na violência como único sistema de governo, os republicanos, empossados dos altos cargos governativos, parecem nada temer; mas, na realidade, tudo lhes mete medo; e a prova está em que os novos secretários de Estado estão sempre a decretar novas medidas de rigor com o fim de consolidar uma situação que proclamam inabalável.

Tudo lhes parece simples, tudo imaginam possível. O direito de fazer leis não pertence mais à Nação. Uns oficiais e uns civis quaisquer investiram-se a si mesmos dessa suprema atribuição. E, se alguém lhes fala na futura Assembléia Constituinte, respondem com sarcasmos.

Os terroristas franceses apoiavam-se no concurso dos clubes e das seções; os jacobinos militares do Brasil recebem o aplauso dos secretários rancorosos e dos seus prosélitos da última hora, ainda mais ardentes. E o governo registra os parabéns dos empregados públicos, ouve os maus versos que lhe dizem e a música mal contraponteada dos hinos encomendados.

E, quando a febre amarela pode começar terrível no Rio de Janeiro, quando saem pela barra afora cidadãos deportados, os ministros remedeiam ao perigo daquela desgraça e zombam dos violentados, escrevendo no final dos ofícios: Saúde e fraternidade!

E, se cada dia não lhes traz uma idéia, como ao jornalista célebre, cada dia é assinalado por uma grande reforma social e política, ingênua e simplesmente concebida, com uma confiança fetichista nos milagres de que é capaz uma lei desde que, para fazê-la, haja papel, pena e tinta.

"Art. 1º Está separada a Igreja do Estado." – Escrita esta linha, está resolvido todo o problema da vida religiosa de um país!

Mas o Governo Provisório não diz qual Igreja fica separada do Estado. Será talvez a igreja católica, mas não é com certeza a igreja positivista que é a religião do governo, apesar de dizer talvez o marechal Deodoro que, mistério por mistério, entende tanto o da Santíssima Trindade como o da Filosofia de Augusto Comte.

A igreja positivista está no Brasil com todos os privilégios e foros da religião oficial. É intolerante, dominadora, exclusiva, e o governo impõe a opinião dela, manifestada em suas divisas. Ela regulou o pavilhão republicano, ela dá interpretações legais e religiosas dos atos do governo, nos editoriais do *Diário Oficial*. E o pior é que não há igreja sem padres e estes, tonsurados ou não, precisam viver. Os padres católicos podem viver do altar, segundo o conselho de São Paulo; os positivistas, não tendo altar, mas tendo necessidades, terão de viver do Tesouro. Enquanto a nova religião oficial não entra no gozo de uma larga subvenção, o que não tardará, vai desde já desfrutando o monopólio dos empregos públicos, vagos naturalmente ou pela demissão ou aposentação dos titulares.

Esta situação privilegiada dos membros de uma seita é o que o Governo Provisório chama a liberdade de cultos. Privilégio por privilégio, preferimos as vantagens nominais que tinham outrora os católicos; ao menos, eram alguns milhões a gozar dessas vantagens, enquanto os altamente favorecidos de hoje são apenas algumas centenas de pedantes e pedintes de empregos[4].

E assim, no Brasil, o desvio cerebral de um gênio francês, fantasia que, no Quartier Latin, foi, há 40 anos, uma *blague* sem espírito, já velha e fora de uso em Coimbra, há 25 anos, está grassando tardiamente na República Brasileira. Verdade é que viajantes têm visto, ultimamente, no centro da África, mulheres de chefes metidas dentro de *crinolines* do Segundo Império que lhes são vendidas por missionários ingleses!

O lado cômico não deve contudo fazer esquecer o que há de odioso nesta intolerância religiosa própria das religiões novas quando se tornam oficiais. Entre este cristianismo novo que vivia no Rio de Janeiro, não nas catacumbas, mas sim nos cafés e nas salas dos escreventes de secretarias, entre a nova seita e Constantino-Deodoro, há laços de gratidão, compromissos sérios e solidariedades naturais.

---

4. Não nos referimos, está claro, aos dois chefes da seita positivista no Brasil, os srs. Miguel Lemos e Teixeira Mendes, que sempre têm dado provas de desinteresse.

O clero numeroso e o pequeno número de fiéis da nova religião oficial dirigiram uma mensagem ao ditador, elogiaram-lhe a violência, pediram-lhe que não tivesse medo de ser déspota, sugeriram-lhe que não fizesse caso nem de eleições nem de representação nacional. Contaram-lhe nessa mensagem que, na França, o parlamentarismo por pouco não foi derrubado ultimamente, mas que o seria em breve. Esta apreciação era natural porque os positivistas brasileiros, deodorianos na sua terra, devem ser boulangeristas na França.

Aos militares governantes e aos advogados ambiciosos, que se vão servindo do exército, é agradável ouvir esta exaltação do despotismo.

A tirania que eles exercem necessita de um ponto de apoio moral e a ditadura julga encontrá-lo no pedantismo da clerezia positivista, discípula fanática do apologista do crime de 2 de dezembro e do filósofo que convidou Nicolau da Rússia a conquistar a Europa e a reduzi-la ao despotismo. No Brasil, os positivistas da seita aplaudem esse despotismo, quando ele aparece, e quer destruir o passado, escravizando o presente, para dominar no futuro.

No Brasil a questão hoje não está já posta entre a república e a monarquia.

A luta é entre a liberdade e a tirania. A luta vai ser entre o exército estragado pelos jornalistas ambiciosos, pelos professores pedantes, entre esse exército político, servido por seus escribas e que não quererá largar a rendosa tirania, e a sociedade civil, que terá de reagir ou se aniquilar. A Nação terá de mudar ou de devorar o exército político, ou o exército político acabará de humilhar e de devorar a Nação.

O Brasil, se não sair da tirania militar, convencerá o mundo de que não era digno da liberdade de que gozou durante sessenta anos. As instituições liberais, a segurança individual, a liberdade de pensamento, a paz, a tranqüilidade, que o distinguiam tão nobremente na América do Sul, parecerão então resultados fictícios e transitórios de uma organização política artificial, superior ao verdadeiro fundo de civilização dos brasileiros. Haverá quem diga que os povos não podem fugir à fatalidade das leis da sua vida e a tirania militar do Brasil de hoje deverá talvez ser considerada o período inelutável de barbaria, já transposto pelo Chile, talvez apenas terminado para a

Argentina e sob o qual vivem, mais ou menos aflitas, as demais nações latino-americanas.

Até há pouco tempo, o Brasil destacava-se entre as nações cristãs e civilizadas por uma anomalia singular e humilhante. Uma pequena parte da população brasileira era escrava. Os patriotas brasileiros e com eles Dom Pedro II apagaram essa vergonha e no Brasil não houve mais senão homens livres. A tirania militar entendeu de outro modo a sua missão; e, hoje, se viver sem leis, sempre à mercê do capricho alheio, é viver sem liberdade – pode-se afirmar que, no Brasil, não há senão escravos.

9 de janeiro de 1890.
FREDERICO DE S.

III. Fastos da ditadura
(Fevereiro de 1890)

> Anarquismo e militarismo ou força e desordem – O militarismo quer gozar: dinheiro, poder e vaidade – Rivalidades – O entusiasmo da imprensa – A anemia e o nervosismo da população fluminense – A preocupação e a mania mórbida do exibicionismo – Fracasso da patriotada do pagamento da dívida nacional por meio de uma subscrição – O exército participa do estado geral da população – O militar sedentário, afilosofado e discursante – Bacharelismo militar – Aclamações de generalíssimo, de general-de-brigada, de vice-almirante etc. – Práticas pretorianas – A ditadura continua a gravitar para o espanholismo político – A ditadura quer assegurar no continente a hegemonia da República Argentina – As Missões – Fraternidade para não haver guerra – Muito exército para haver muita promoção e muito soldo elevado – Atrocidades republicano-soldadescas no Maranhão – Visconde de Pelotas – Cláusula testamentária do sr. Deodoro designando para seu herdeiro o sr. Rui – O ditador lega o supremo governo do Brasil com se este governo fosse sua propriedade particular – Um jornalista elogia este ato de *sublime magnanimidade*.

A atenção pública na Europa não abandonou de todo os negócios do Brasil, onde a revolução, sempre pacífica, mas contínua, revelada a 15 de novembro, se vai desenvolvendo em suas conseqüências. Não custa muito aos historiadores assinalar as datas do início das revoluções; é mais incerta, porém, a época do seu termo natural. Carlyle encerra a Revolução Francesa no dia 15 vindimário quando a metralha, à voz de Bonaparte, varreu das portas das Tulherias e esmagou nos degraus de Saint-Roch a anarquia popular. No Brasil não houve sangue nem haverá decerto metralha; a anarquia não é popular, a revolta não saiu da população. Os revolucionários foram uns trezentos oficiais do exército e da armada, os anarquistas foram os generais e coronéis. E, por isso, os cartuchos podem continuar azinhavrados nas espingardas, a pólvora umedecida nos armazéns, entre montões de balas de artilharia cobertas de bolor. O calor que arruína as armas abate os temperamentos. Não serão os cidadãos que se deixaram privar de um governo livre que, por verem a liberdade suprimida, hão de sair à rua para reclamar justiça ou reivindicar direitos. Os tempos não comportam másculas virtudes nem espartanismos perigosos, na república do sr. Deodoro, república que não é também ateniense nem pela cultura nem pela agitação patriótica; e, Pisistrato das Alagoas, o sr. Deodoro não colecionará versos de Homero, nem mesmo os maus sonetos e as quadrinhas chochas com que os bacharéis pretendentes e os alferes (tão fracos na disciplina métrica como na milhar) lhe exaltam os sublimados méritos. No suntuoso palácio, onde, à custa do Tesouro, ele se instalou; quando percorre as ruas levando atrás de si a numerosa escolta galopando em cavalos comprados no Rio da Prata (escolta que os republicanos tanto exprobravam ao Imperador), o Marechal há de pensar que no ofício de fundador da república e de salvador da pátria, a dez contos por mês, não deixa de haver encantos. Ele tem pelo menos e com certeza a segurança de espírito que é o dom dos satisfeitos, e a contente afoiteza de quem, por suas mãos, obteve o poder, o fausto, a fortuna. O bravo Marechal que, há três meses, derramou pela liberdade o sangue do barão de Ladário, acredita decerto na imortalidade da sua tirania!

Hoje, no Rio de Janeiro, em conversas particulares, aparecem, a todo momento, indivíduos reclamando para si todas as glórias do glorioso 15 de novembro. Pela imprensa, já começaram as reivindicações, e já os oficiais discutem entre si prioridades de heroísmo incruento nessa memorável data. Na discussão, os interessados desassombradamente assinam pseudônimos por baixo dos seus artigos; trocam-se galhardamente epítetos impertinentes e, com bizarra fraternidade, fazem-se pouco honrosas insinuações.

Os jornais chegados nas primeiras semanas depois da pacífica epopéia vinham todos negros de retratos, mais ou menos desenhados, formando uma série interminável de heróis, cujas feições tinham sido votadas à imortalidade de um dia, no centro da primeira página, com a prontidão que o entusiasmo requer, a nitidez que a estereotipia barata permite e a rapidez que as condições da venda avulsa impõem. E no texto o jornalista, entusiasmado, explicava a gravura à Nação: "Este é aquelle major que viverá para sempre na historia e que tinha resolvido dar a sua vida pela republica, que, felizmente, não lh'a pediu! Este é aquelle tenente que tão heroicamente deixou de morrer no dia 15 de novembro, mas que, não morrendo, se cobriu de gloria! – Este é aquelle tenente-coronel que, com jamais igualada bravura, declarou que recusava bater-se contra os regimentos revoltados! etc. etc. etc."

E a mocidade das escolas, que tão pouco estuda, aprende assim quão pouco custa e quanto rende o ser herói revolucionário.

O entusiasmo de certos jornalistas não cessou nem com a instituição das comissões militares destinadas a reprimir o delito da expressão de qualquer pensamento contrário aos interesses do governo. O decreto aplicando aos escritores públicos os artigos 15 e 16 do Regulamento do conde de Lippe é, todavia, um monumento da mais desgraçada brutalidade, e a prova do terror que o governo tem da verdade. São decerto duras as penas de força e de trabalhos de fortificação consignadas nesses artigos; não serão, porém, mais cruéis do que as condenações da história contra os governantes militares do Brasil, militares que o conde de Lippe, agora ressuscitado, arcabuzaria logo por indisciplina e traição.

Todos os homens de espírito limpo, de alma decente, em todos os países onde chegar a notícia da reação bárbara efetuada hoje nos costumes políticos do Brasil, hão de estigmatizar o procedimento dos membros do Governo Provisório. Será, porém, injusto quem só condenar os militares; menos dignos e mais audazes, nas valentias sem perigo, são os bacharéis ministros, antigos advogados e jornalistas encanecidos na prática inveterada do artigo em favor de todas as liberdades e do arrazoado em defesa dos direitos do homem em geral (e dos raros clientes em particular).

Os militares, como grande parte da população do Rio de Janeiro e das cidades do Brasil, sofrem de um nervosismo especial, talvez próprio nos países quentes, onde a ociosidade é comum; onde a raça é de impressões fáceis; onde a palavra, sob a forma de discurso, é um prazer, quer na função ativa de orador, quer na função passiva de ouvinte, e é, em todo o caso, a mais barata das distrações. Este nervosismo não toma a forma trágica de sangrentas insurreições nem é causa de explosões de sentimentos fortes. A corrente nervosa difunde-se em expressões de alta admiração, de carinho, de afeto, de gratidão, de apreço por todas as formas. O nervosismo intenso dos anêmicos do Rio de Janeiro apresenta formas quase histéricas nas suas manifestações coletivas. O abolicionismo serviu durante muito tempo de derivativo para esta moléstia social. Aquele povo doente chorou nas ruas quando o Imperador partiu enfermo para a Europa, e 100 mil pessoas, em delírio, saudaram-no à sua volta.

Há no Brasil indivíduos e associações que vivem vigilantes, à espreita de que em qualquer parte do mundo surja um acontecimento, fausto ou desgraçado, que sirva de pretexto ao furor exibicionista, de motivo para vir à praça pública, para correr aos jornais, manifestar, externar, seja o que for, júbilo, pesar, ódio, afeto, patriotismo, indignação ou simples cumprimentos. E, quando esta mania da praça pública, esta *agoramania*, aparece larvada de caridade ruidosa, abrem-se subscrições, organizam-se quermesses, formam-se bandos precatórios que percorrem as ruas a pedir esmola. Esta forma delirante é, contudo, a menos duradoura; a subscrição fecha-se por si mesma, sem a pompa com que se abriu; e muitas vezes a precária coleta do bando precatório tem misteriosos destinos. Ao ser proclamada a república, foi aberta uma subscrição nacional para o pagamento da dívida interna da Nação. O ministro da Fazenda presidiu a uma sessão de patriotas em que o projeto se lançou, os jornais ocuparam-se do assunto com fervor, e o assunto caiu no mais completo esquecimento, rendendo a subscrição, em todo o país, seiscentas e tantas libras! Quando o nervosismo na sua forma manifestante não é contrariado pelo desembolso de dinheiro (que logo acalma os espíritos), o entusiasmo não conhece limites. Um viajante francês, chegando ao Rio de Janeiro poucos dias depois da revolução, ao desembarcar, achou suspenso o serviço da alfândega, e as salas daquela repartição atapetadas de flores, com grinaldas de folhagem pelos muros. Era o dia de anos do guarda-mor. E os empregados faziam-lhe uma manifestação: discurso! resposta comovida! abraços ardentes! oferecimento de álbum! etc. etc. Dois meses antes da revolução, chegou ao Rio de Janeiro um encouraçado chileno. Existem laços de simpatia entre o Brasil e o Chile porque os governos dos dois países se consideram aliados prováveis em caso de guerra contra a República Argentina. Havia pouco tempo, os oficiais de um navio brasileiro tinham sido muito festejados no Chile. Não foi preciso mais. Durante dois meses, todo o Rio de Janeiro, desde o Imperador até o mais obscuro sujeito, não fez outra coisa senão obsequiar os chilenos. Recepções, bailes, almoços, jantares, ceias, *garden parties*, *lunchs*, presentes, visitas, discursos, poesias, artigos, *marches aux flambeaux*, corridas, regatas, pirotécnicas, tudo! Foi um delírio sem nome, e sem fim!

Esta superexcitação da sensibilidade, moléstia própria dos tempos agitados e das sociedades em crise, enfermidade que a ciência reconhece, e que na Idade Média tomava as formas estranhas de verdadeiras epidemias mentais, como a dos flagelantes, dos adamitas e outras, é, nas suas formas atenuadas deste século, uma epidemia reinante em certa parte da população brasileira. Nenhuma classe deixa de pagar-lhe tributo mais ou menos largo.

A profissão das armas, que é no Brasil quase que profissão sedentária, porque no regime dos quartéis não há os rigores viris da disciplina nem o hábito fortificante dos exercícios enérgicos, como nos exércitos europeus, é uma profissão que não escapa a estas mórbidas e especiais condições fisiológicas.

O soldado brasileiro que, na Guerra do Paraguai, mostrou uma bravura tão constante, uma abnegação tão comovente nos maiores sofrimentos, tem ainda hoje as mesmas qualidades. Infelizmente, não é boa a direção dada a essas qualidades. O oficial novo é de um tipo bem diferente do antigo. Já não existe mais o velho militar, descendente direto da milícia portuguesa das campanhas peninsulares, raça de oficiais aguerridos nas lutas do Sul do Brasil, que salvou a unidade do país sufocando as revoltas, sustentou a honra brasileira e defendeu a civilização, destruindo as tiranias militares de Rosas e de Lopez. Não eram talvez muito instruídos esses bravos; mas eram claros exemplos de fidelidade à honra dos seus juramentos. As suas idéias simples, feitas mais de sentimento e de hábitos de dedicação do que de complicados raciocínios, não lhes permitiam sutilezas e distinções, quando se tratava do dever militar. O oficial novo, no Brasil, ouviu nas escolas maior número de professores. Esses professores (pelo menos muitos deles) ou são bacharéis discursadores, ou são militares de livro francês, filosofantes do positivismo, desses que para a exposição dessa escola tiveram a habilidade de criar no Brasil uma retórica especial. Da natureza desse ensino dá uma idéia a seguinte anedota contada pelo barão de Hübner, antigo ministro dos negócios estrangeiros do Império Austro-Húngaro. M. de Hübner foi assistir a uma aula na Escola Militar do Rio de Janeiro, e o professor, para lhe fazer honra, resolveu falar em francês apesar de o barão compreender perfeitamente o português. O que disse diante daquele estrangeiro ilustre o professor da Escola Militar do Império? Durante mais de uma hora falou o verboso homem, fazendo o elogio do niilismo! O barão retirou-se, inteiramente edificado sobre a instrução dada aos militares brasileiros.

O governo monárquico cometeu um erro imenso deixando ao ensino militar o seu caráter exclusivamente teórico. O sr. Dom Pedro II, tão ocupado das ciências, não fez senão abacharelar o oficial do exército, que agora naturalmente revela um tão pronunciado furor politicante, discursante e manifestante. O resultado seria outro, se o governo olhasse para as escolas do exército, se mantivesse na Europa constantes missões militares, se promovesse o bem-estar, a boa educação, o conforto, a confraternidade bem entendida, o mútuo respeito, criando para o oficial uma atmosfera de distinção, reformando e organizando com decência e ordem os quartéis, dando uniformes mais elegantes aos jovens oficiais, aumentando-lhes o soldo, criando clubes com a instalação que exige o decoro da oficialidade de um país civilizado.

Ao sair da escola, o jovem oficial nada disto encontrava, nem recebia do governo nada que concorresse a completar-lhe a educação. E a maior boa vontade, as melhores disposições do oficial esterilizavam-se ou tomavam direção inconveniente. Daí a razão de muitas aptidões se desviarem da carreira das armas, daí o falseamento do espírito militar. Muitos dos oficiais brasileiros são apenas bacharéis de espada; eles prezam mais do que tudo as graduações do seu curso matemático, e o título de bacharel ou de doutor é por eles mesmos anteposto à designação das suas patentes. O oficial alemão, francês ou inglês, que antes do almoço tem andado vinte ou trinta milhas a cavalo, feito uma hora de sala de armas, atirado ao alvo, tomando uma ducha, que pisa rijamente o solo respirando com largos pulmões o ar frio das manhãs, e que passa ainda depois o dia em exercícios – esse oficial europeu dificilmente compreenderá a nenhuma educação física e profissional do oficial brasileiro. Para ele será sempre incompreensível o capitão dr. Fulano, o segundo-tenente bacharel Sicrano e o tenente-coronel dr. Beltrano.

Não é, pois, extraordinário que, no dia 15 de janeiro, alguns oficiais brasileiros tenham praticado mais um ato de ruidoso bacharelismo. Foram eles, incorporados, à frente de gente do povo e de soldados, fazer uma manifestação ao sr. Deodoro, salvador da pátria e dispensador de altos postos militares, de pensões e de comissões. O ministério rodeava o chefe definitivo do Governo Provisório. Houve muitos discursos; e um dos oradores propôs que o sr. Deodoro fosse proclamado generalíssimo das tropas de mar e terra; outro propôs para brigadeiro o tenente-coronel dr. ministro da Guerra; e um terceiro, para não ficar atrás, lembrou o posto de vice-almirante para o chefe-de-divisão ministro da Marinha. E, cena de opereta, que seria simplesmente cômica, se não revelasse um desgraçado estado de coisas, os agraciados, cada um por sua vez, apareceram às janelas do Palácio Deodoro e agradeceram comovidíssimos, aceitando! O dr. ministro da Guerra declarou que não podia resistir ao desejo do povo, do exército e da marinha: e o Governo Provisório ali reunido fez lavrar imediatamente os decretos, abstendo-se apenas e generosamente cada um dos favorecidos de assinar os decretos da sua própria exaltação. Até que ponto poderá conduzir o país um governo que só sabe ceder *à opinião* em casos destes?

Esta farsa tumultuária e pretoriana deve entristecer muito os brasileiros que prezam os seus foros de povo civilizado. O título de generalíssimo, como observou o *Times*, é o título preferido dos tiraniculos militares da América Central que o sr. Deodoro, tardiamente e em ponto grande, pretende imitar. Generalíssimo não é um posto; os oficiais manifestantes que expuseram levianamente a sua pátria à galhofa universal mostraram ignorar que o título de generalíssimo é assumido, e somente em campanha, pelo general que comanda forças aliadas e que, das potências unidas em guerra, recebe esse título. Foram generalíssimos Wallenstein, Montecuculli, o príncipe Eugênio de Sabóia, o príncipe de Schwartzemberg. Na Europa, hoje, só há um generalíssimo, que é o grão-vizir da Turquia. Neste século, grandes generais, chefes de poderosos exércitos, não tomaram o pomposo título assumido e ganho pelo sr. Deodoro, na rua Larga de São Joaquim. Não foi generalíssimo Wellington, não o foi o velho Von Moltke, nem foram Mac Clellan, nem Grant, homens que estiveram à frente de milhões de soldados. Foram, porém, generalíssimos os Rosas; os Lopez; os Barrios, da Guatemala; os Daza, os Melgarejo, da Bolívia; os Guzman Blanco, da Venezuela; e, no México, Sant'Anna, que adotou para si o tratamento de Alteza e que fez enterrar com supremas honras militares a perna que perdeu na defesa de Vera Cruz; e, último de todos, finalmente, é generalíssimo o sr. Deodoro que tudo ganhou no dia 15 de novembro e nada perdeu, a não ser a cabeça quando, à uma hora da tarde, destronou o soberano a quem dava vivas ao meio-dia!

Compreende-se Bonaparte glorioso aclamado *Le petit Caporal* pelas suas tropas vitoriosas, depois de Lodi e de Arcole ou Victor Emmanuel, o rei *galantuomo*, aclamado, depois de Palestro, cabo de esquadra do 3º regimento de zuavos franceses, mas quais os novos feitos dos srs. Deodoro e Benjamin Constant? Aquele comandou uma revolta de que tirou honras e proveitos, e donde não correu perigo algum a sua existência; o tenente-coronel dr. (hoje brigadeiro) Benjamin Constant, enquanto os seus colegas se batiam no Paraguai, acumulava empregos no Rio de Janeiro, ensinava o positivismo e dirigia o Instituto dos Meninos Cegos.

Quando o Brasil ficar seriamente organizado, estas promoções tumultuárias, que importam gravíssimas preterições, serão mantidas? Na França, depois da última guerra, as promoções feitas no campo de batalha, embora com a justificação do entusiasmo pela bravura, foram sujeitas a uma comissão revisora.

*
* *

É de esperar que a representação nacional sujeite também à revisão o tratado que o Governo Provisório celebrou com a República Argentina, para pôr um termo ao antigo litígio diplomático entre o Brasil e aquele país, a respeito do território das Missões. O *Tempo*, de Lisboa, ocupou-se com grande profundeza de vista desta magna questão. Em 29 de janeiro dizia ele:

> O governo provisorio, escrevem-nos, teme uma sublevação do Estado do Rio Grande do Sul, sublevação que não poderia reprimir com as reduzidas e indisciplinadas forças militares, indispensaveis para a sustentação da dictadura.
>
> Para conseguir a pacificação do Rio Grande em caso de revolta o governo provisorio lembrou-se de solicitar o auxilio e a intervenção armada da Republica Argentina, ou contra o Rio Grande isoladamente, ou contra esse Estado unido a Republica do Uruguay.
>
> Em troca d'este auxilio armado, o governo provisorio propõe-se ceder desde já á Republica Argentina metade do territorio contestado

de *Missiones* e no caso do Brazil vir a necessitar da intervenção argentina, consentir na annexação do Uruguay, desinteressando-se tambem o Brazil do Paraguay que os argentinos poderão igualmente annexar, realisando assim a sua ambição de unificarem n'uma republica todas as dependencias do antigo vice-reinado de Buenos-Ayres.

Por aqui se vê como a queda do Imperio inverteu a situação respectiva das nações americanas do sul. Em 1870, o Brazil, exercendo a hegemonia, libertava o Paraguay, n'uma campanha em que tinha por alliados os argentinos; agora, vinte anos depois, é elle o protegido que pede aos argentinos para lhe fazerem a policia interna, abandonando as pequenas republicas do Prata á ambição do povo que em breves annos será absoluto senhor da America meridional.

No dia seguinte, um correspondente do *Tempo* resumia a questão nos termos seguintes:

> Os tratados antigos entre Portugal e Hespanha (1750-1777) e o tratado argentino-brazileiro de 1857 estabeleceram como fronteira do Brasil na região o curso do Iguassú desde a sua embocadura no Paraná até á confluencia do Santo Antonio; segue d'ahi a fronteira até ás nascentes do mesmo Santo Antonio, ganha as nascentes do Pepiri-Guassú, segue este rio até ao Uruguay que separa os dois Estados, desde esse ponto até á foz do Quarahim.
>
> Os argentinos, porém, dão os nomes de Santo Antonio e de Pepiri-Guassú a dois rios situados mais a E. e chamados pelos brazileiros Chopim e Chapecó. D'essa differença de designações nasceu a divergencia internacional que é para o Brazil da maxima importancia para o presente e mais ainda para o futuro.
>
> A fronteira aceita pelo Brazil é já muito desvantajosa, a reclamada pelos argentinos será desastrosissima para os interesses brazileiros. Uma larga porção de territorio argentino entraria assim pelo Brazil a dentro e encravada ao SO. do paiz, cortaria quasi completamente a communicação entre dois ricos e grandes Estados, os do Paraná e do Rio Grande do Sul. Este territorio, em mãos da Republica Argentina, cuja grande força de expansão é conhecida, ligada a sua rêde de caminhos de ferro, offerecendo, pela salubridade do clima, pela fertilidade do sólo, um riquissimo campo á immigração europêa, será uma ameaça constante á melhor parte do Brazil. Chegados a uma distancia relativamente pequena do mar, os argentinos aspirarão a apoderar-se do bello porto de Santa Catarina que lhes dará sahida pelo Atlantico.

O litigio diplomatico achava-se proximo da sua solução quando rebentou a revolução de 15 de novembro. A exploração da commissão mixta terminára em 1888; a 25 de maio ultimo o Brazil propoz á Republica Argentina a resolução da difficuldade por meio de arbitramento e a 7 de setembro foi celebrado no Rio de Janeiro o tratado estipulando que, se no fim de 90 dias, a contar d'essa data, a questão não estivesse resolvida entre as partes contratantes, seria sujeita á decisão do presidente dos Estados-Unidos.

Hoje, a situação peorou muito para o Brazil, se são exactas as nossas informações. O Governo Provisorio não vai a Buenos-Ayres defender sómente os direitos do Brazil. As grandes manifestações feitas em Buenos-Ayres ao ministro de uma nação amiga, ministro que é quasi um compatriota dos manifestantes, não devem cegar o governo da Republica Brazileira. E, se esse governo solicita o auxilio dos argentinos para a possivel emergencia de uma revolta no Rio Grande do Sul, esteja o Brazil certo de que terá de pagar caro esse auxilio. Terá o Brazil de ceder o territorio de Missões; terá de consentir talvez na conquista de Montevideu e na annexação do Paraguay á Republica Argentina.

Se tão fatal acôrdo se realisar, o Brazil terá abdicado para sempre a hegemonia por elle até agora exercida na America do Sul.[1]

Tudo isto é muito grave. A rivalidade entre o Brasil e a República Argentina tem uma razão de ser histórica que há de perdurar malgrado todas as palavrosas manifestações de apreço e de amizade, outros tantos fenômenos do histerismo que reveste a forma da monomania da fraternidade americana que o Governo Provisório tanto exalta e na qual finge acreditar.

Se são sinceras as expansões fraternais dos governos das duas repúblicas, por que dobrou o Governo Provisório do Brasil o exército do país? Por que ainda ultimamente abriu um grande crédito para compra de navios de guerra? Se não há o perigo de uma agressão externa, não tem uma explicação honrosa este novo encargo imposto às finanças que o sr. Rui Barbosa pinta em tão grandes aperturas. Pa-

---

1. O correspondente do *Tempo* acrescenta:

> Por outro lado, o snr. Quintino Bocayuva, actual ministro brazileiro dos negocios estrangeiros, como redactor do *Paiz*, advogou durante largos annos uma politica, a que era naturalmente levado pelas suas sympathias republicanas e pessoaes pelos argentinos, sympathias tanto mais naturaes quanto o snr. Bocayuva é de descendencia argentina.
>
> Agora que o snr. Quintino Bocayuva, com todo o prestigio do poder, faz-se transportar a bordo de um poderoso couraçado, em custosa pompa oficial, a Buenos-Ayres, para ultimar a negociação de Missões, é natural e logico que elle faça tudo que lhe fôr possivel em prol das suas velhas idéas de liberalidades, concessões e outras facilidades favoraveis aos argentinos.

rece, porém, que os estadistas da República Brasileira estão convencidos da eterna fraternidade americana. Eles estão esquecidos de que, se essa fraternidade estivesse na natureza das coisas, se a identidade de forma de governo fosse causa de perpétua paz entre os países, a história da América não registraria as agressões dos Estados Unidos contra o México, nem as sangrentas lutas em todo o continente entre as repúblicas, sempre irmãs, mas muitas vezes inimigas.

A contradição flagrante de um governo que dobra o seu exército ao mesmo tempo que pratica atos de espetaculosa fraternização com os seus vizinhos, tem uma explicação bem triste para o Brasil. O governo militar não se arma contra o estrangeiro; o que ele pretende é fortificar-se contra o próprio povo brasileiro mantido em rigorosa sujeição. O governo militar precisa de mais soldados porque necessita dar mais postos a oficiais; precisa de mais navios para ter comandos a distribuir. Um exército movido de patriotismo marcha ao sacrifício, afronta o inimigo, sem pensar na recompensa; um exército que derruba instituições e que cria um governo exige tudo da sua criatura. Era desse tipo o exército peruano; exército de *pronunciamientos*, de plumas e galões, que vivia a salvar todos os dias a pátria, de aclamar generalíssimos, a encher-se de marechais e generais e que, finalmente, fugiu, dispersou-se, sumiu-se diante dos voluntários chilenos. O exército brasileiro não será, porém, um novo exército do Peru; ele há de renovar as tradições gloriosas do seu passado. Tendo sido o exército de um país livre e tendo ganho vitórias sobre os inimigos da sua pátria, o exército do Brasil há de indignar-se contra os que lhe querem fazer tudo esquecer. O sr. Benjamin Constant, que mandou entregar ao Paraguai os troféus, ganhos pelos soldados brasileiros, troféus que aquele dr. brigadeiro não ajudou a conquistar, o sr. Quintino Bocaiúva, o partidário da hegemonia argentina, não podem representar a alma da nação refletida no seu exército. Esses dois homens esquecem o passado do Brasil e não têm a intuição do seu futuro.

Entre o Brasil e a República Argentina há conflitos de interesses e de influência. Nem belas palavras nem cortesias internacionais podem destruir este fato.

A República Argentina tem uma grande força de expansão. Ela recebe perto de 300 mil imigrantes todos os anos; os seus caminhos de ferro estendem-se aos confins do país. O Brasil acompanhava com passo firme este progresso. Acontece, porém, agora que o Brasil retrocede e inicia o militarismo, de que a República Argentina está hoje liberta. A este fato corresponde uma fase fatal e estacionária no desenvolvimento do país. O militarismo político é arbitrário, é despótico, é agitado, é destruidor da confiança e da liberdade e só existe quando o exército não possui disciplina. O militarismo é ruinoso e, quando não tem por fim defender a pátria contra o estrangeiro, mas só visa à conservação de uma tirania proveitosa, é o mais desmoralizador dos regimes. E o Brasil está agora debaixo deste regime que os argentinos já conseguiram aniquilar. Os argentinos têm a liberdade política que a sua civilização comporta; e recebem o imenso auxílio das forças estrangeiras que lhes aumentam a riqueza presente, dilatando o horizonte a todas as aspirações futuras da sua nacionalidade. A primeira dessas aspirações é, pela reconstituição do vice-reinado platino, a formação de uma nação poderosíssima. O Brasil militarizado não recebe imigrantes; as discussões políticas terão de absorver a atenção da Constituinte se esta jamais se reunir; e todas as aspirações nacionais se resumirão no desejo de reconquistar a liberdade política hoje confiscada pela ditadura.

Nestas condições a concorrência pacífica com a República Argentina estabelece-se ficando em grande inferioridade o Brasil.

Temos já um indício dessa situação no fenômeno que o cronista financeiro do *Times* assinalou. O ouro que está voltando do Brasil para Londres toma logo o caminho de Buenos Aires, e por isso o câmbio, há meses altamente favorável no Rio de Janeiro, vai sensivelmente baixando, e o desastroso câmbio argentino vai-se erguendo pouco a pouco.

Disse uma grande verdade o presidente Rocca quando, em uma mensagem, afirmou que a entrada de 200 mil imigrantes na República Argentina equivalia ao ganho de uma batalha. Ele não disse contra quem seria essa vitória; mas todos que conhecem a América do Sul sabem que essa vitória é ganha contra o Brasil, cujo futuro político está problemático, cujo crédito está abalado só porque as suas finanças se acham sujeitas aos azares do arbítrio de um soldado.

Víamos outrora no Brasil uma glória da nossa raça e, hoje, assistimos à diminuição do seu prestígio. Os fundos brasileiros, sempre ao abrigo das especulações, emprego seguro das economias européias, patrimônio das famílias, oscilam hoje em Londres e em Paris, como quaisquer fundos turcos, peruanos ou mexicanos.

E cada vez que o sr. Rui Barbosa telegrafa à Europa, a baixa é certa nos fundos brasileiros. A velha imagem da espada de Brenno fazendo baixar a concha da balança pode ser substituída pela do telegrama do sr. Rui Barbosa. A algaravia financeira que ele escreveu no seu funesto relatório veio tirar as últimas ilusões aos que esperavam ainda na competência do ministro das finanças do sr. Deodoro. O juízo dos jornais do Brasil foi que as finanças, segundo os algarismos do sr. Barbosa, estavam florescentes a 15 de novembro. O que os jornais do Brasil não ousaram dizer com receio ao conde de Lippe, mas o que disseram todos os escritores financeiros da Europa, foi que a linguagem do sr. Rui Barbosa é a menos patriótica e a mais imprópria que jamais se leu em um documento oficial. E, por infelicidade, este desazo não se limita à linguagem; ele passa ao domínio dos atos, e os financeiros europeus que têm interesses no Brasil tremem ao ler o terrível nome do ministro das finanças por baixo dos telegramas com que esse ministro tem o costume de sobressaltar, periodicamente, os capitais. Quando da Europa vão reclamações, o sr. Rui Barbosa responde que a sua medida financeira está sendo muito aplaudida em Buenos Aires e nos Estados Unidos. Este aplauso não entusiasma o capitalista. Os argentinos e os americanos, esses podem, na verdade, aplaudir o sr. Rui Barbosa; não é o dinheiro deles que no Brasil está arriscado às fantasias do jacobinismo. E, como crítica da política financeira, basta a coincidência já assinalada da baixa dos fundos como comentário lógico à verbosidade e à violência da linguagem do sr. Rui Barbosa.

*
* *

O que a república, porém, não pode impedir, nem por um decreto, é um fato de ordem astronômica, isto é, a fatalidade de vir um dia depois do outro. O Brasil vai-se lentamente (o tempo parece mais longo ao aflito!) aproximando do dia 15 de setembro, data para a qual o Governo Provisório anunciou a eleição da Constituinte.

Houve gente no Brasil que se manifestou favorável à continuação indefinida da ditadura. A resolução de convocar a Constituinte não foi adotada unanimemente em conselho de ministros. Afinal, veio a tardia convocação para época longínqua. Hoje, algumas semanas depois desta convocação, há indícios que põem em dúvida a sinceridade que porventura ditou aquele decreto chamando a Nação a organizar-se por meio de seus representantes. Já chegam telegramas do Brasil dizendo que o *povo* tencionava ir oferecer a ditadura por cinco anos ao generalíssimo chefe do governo. O generalíssimo recusará, diz um telegrama. Para quem conhece a história dos diferentes militarismos sul-americanos, esta abnegação é coisa bem pouco tranqüilizadora. Como as ditaduras militares se estabelecem, ainda há pouco o Brasil mostrou ao mundo; e os contemporâneos viram naquele país uma coisa que a civilização do tempo do Império parecia ter tornado impossível. Como estas ditaduras se mantêm e se esforçam por durar, a história das repúblicas latino-americanas no-lo ensina. Começando por falar em nome da liberdade, ela derruba o governo existente e substitui-se a ele. Feito isto, a ditadura muda de linguagem, de rumo e de modo de ação. É preciso, diz ela, consolidar a nova ordem de coisas, é indispensável esmagar toda a idéia de reação, toda a possível tentativa de uma contra-revolução. Eis aí achada uma pronta e fácil *razão de Estado* para justificar a sem razão de todos os atos de força, de todas as manifestações da violência.

A ditadura militar no Brasil está já nesta segunda fase. Agora, os seus partidários já anunciam que o *povo* oferece aos ditadores o mando absoluto por cinco anos. A ditadura faz-se rogada: mas quem poderá afirmar que, de um momento para outro, ela não virá a aceitar o que até agora aparenta querer recusar? Os militares que aceitam altos postos, que lhes são conferidos da rua, podem muito bem aceitar, e no íntimo estimar, a prolongação da ditadura que a rua lhes vier oferecer!

E quem sabe se essa revolução não encontrará no governo a unanimidade que lhe tem já faltado em tanta ocasião? Já dois membros do governo tiveram de abandonar os seus lugares; e um deles, que o telégrafo nos disse ter divergido do sr. Deodoro, embarcou para a Europa no mesmo dia em que divergiu[2]. Esta retirada muito se parece com o exílio!... Dois governadores de Estado foram já exonerados; um deles, o visconde de Pelotas, a mais alta personalidade

---

2. Era inexato este telegrama; o sr. Aristides Lobo não partiu para a Europa.

do exército brasileiro, não quis decerto autorizar com a sua presença no governo a arranjada aclamação do generalíssimo Deodoro[3]; outro, o governador do Maranhão, tem tido a coragem de contar ao público como a república se estabeleceu naquele Estado. Vejamos como esse funcionário, homem escolhido pela confiança da república, conta as coisas republicanas do Maranhão que deveriam ser de novo pintadas em um sermão de Antônio Vieira. O governador Pedro Tavares chegou ao Maranhão para substituir o governo de um tenente-coronel que se apossara daquele Estado no dia 15 de novembro, o que formara uma espécie de junta à sua feição. Diz o governador:

> A população sabia que o meu governo ia ser melhor, mesmo porque nada peior era possivel esperar.
> A junta inaugurára a republica com o fusilamento em massa de cidadãos, cujos protestos contra a nova ordem politica eu soube depois que se podiam perfeitamente abafar sem o derramamento de sangue.
> Os excessos de toda a ordem seguiram-se logo ao crime. Os cidadãos, principalmente os de côr, de que a junta suspeitava, eram presos e logo arrastados ao xadrez, onde se lhes cortavam os cabellos e onde eram barbaramente espancados. Muitos receberam duzias de bolos nos pés. Mulheres publicas, com que alguns soldados tinham contas a ajustar, soffreram de igual modo esses affrontosos e incomportaveis castigos.
> O terror enchia todos os corações e tolhia todas as consciencias; e para que nada transpirasse, e nenhuma voz honesta e patriotica se fizesse ouvir, foi trancado o telegrapho.
> Começando por decretar grandes vencimentos para os proprios membros, a junta esgotou o Thesouro do Estado e abriu creditos numerosos na thesouraria geral.
> Os antigos districtos eleitoraes do Estado foram distribuidos entre esses néo-republicanos. A politicagem baixa e indigna que se desenvolveu não se descreve nem se imagina.
> Creou-se uma secção nova na secretaria do governo, outra no Thesouro, outra de collaboradores na alfandega; não se fallando na multiplicidade de empregos e commissões inventadas.

---

3. Estávamos enganados. O visconde de Pelotas foi quase deposto e obrigado a deixar o governo por divergências com os rancorosos diretores do minguado partido republicano rio-grandense a quem se entregara no dia 15 de novembro chegando até a mandar prender sem motivo algum os deputados Vasquez e Salgado, seus correligionários até aquele dia. Cumulado de honras e de distinções pelo Imperador sr. Dom Pedro II, o visconde de Pelotas desde que a guarnição do Rio depôs o velho soberano, assinou sem hesitar uma proclamação anunciando a partida da família imperial nos seguintes termos: *"Pedro de Alcantara e sua familia embarcaram hontem para a Europa."*

O pessoal com que foram providos esses lugares, constitui, salvas poucas excepções, a gente que se incompatibilisara com a lei, com a moral e com a sociedade no Estado do Maranhão.[4]

Esta revoltante amostra do que começa a ser nas suas aplicações o sistema da tirania militar diz mais do que todos os argumentos. As demissões do visconde de Pelotas e do sr. Pedro Tavares indicam que não há para continuar a revolução a harmonia que se disse ter havido para a fazer. O esquecimento do direito, a força como lei e o capricho feito sistema levam sempre os governos ao absurdo das contradições e preparam aos Estados a ruína.

Um exemplo dessa política foi o ato de mais que majestática soberania, exercida pelo sr. Deodoro, designando como seu sucessor no governo o sr. Rui Barbosa e transmitindo-lhe o poder como se este fosse sua propriedade particular. O Imperador do Brasil estava preso pela Constituição e faltava-lhe o poder de eleger o seu sucessor. Os reis do mundo civilizado, inclusive o czar, não têm este direito; a igreja católica não quis conferi-lo ao papa; e, para não nos referirmos às adoções dos Césares romanos que necessitavam aliás da Lei Régia resultante do consentimento do senado e da plebe, não encontramos na história moderna esse direito de designação de sucessor exercido pelo chefe do Estado, senão no pobre Paraguai, onde o primeiro Lopez designou o seu filho para lhe suceder na ditadura. Infeliz Paraguai! Bem vingado estás tu neste momento vendo que o Brasil, teu orgulhoso vencedor de outrora, é hoje o imitador do que tu foste há trinta anos! Os brasileiros, que tanto desprezavam os costumes semibárbaros da política paraguaia, têm hoje em casa o que tanta compaixão lhes inspirava na casa dos seus inimigos. Nem mesmo faltam os aduladores da ditadura, como os tinha Lopes II. Jornalista houve no Rio de Janeiro que qualificou o ato do sr. Deodoro, escolhendo o seu sucessor à moda paraguaia, como *um ato de sublime magnanimidade!*

A imprensa brasileira, hoje tão submissa, nem sequer lamenta a perda da própria e antiga liberdade com que ela noutro tempo ridicularizava, e às vezes insultava, o velho Imperador, simpática e gene-

---

4. Protesto do governador do Maranhão sr. Pedro Tavares, publicado na *Gazeta de Notícias*, de 30 de janeiro.

rosa fisionomia, uma das mais belas deste século, uma das que o mundo civilizado mais admira. Que terrível lição recebe todos os dias a consciência dos jornalistas brasileiros, reduzida somente à liberdade da apoteose, quando tenham agora de falar de um soldado ambicioso, para quem eles não passam de um rebanho encarcerável ou fuzilável à vontade, e que só se mantém livre e vivo com a condição de elogiar, de elogiar ainda, de elogiar sempre...

Só Tácito acharia uma frase verdadeiramente justa para esta situação aflitiva da maior nação latina além do Atlântico!

15 de fevereiro de 1890.
FREDERICO DE S.

IV. A ditadura no Brasil
Tratados diplomáticos e crédito financeiro
(Março de 1890)

Fatais abjeções do regime ditatorial – Lisonja, degradação e nepotismo – Ainda a liberdade de imprensa: comissões militares – O decreto de 23 de dezembro liberalmente interpretado pelo sr. Quintino Bocaiúva – Violências soldadescas – A questão e o negócio das Missões – O sr. Bocaiúva no Rio da Prata – O desprestígio do Brasil em Buenos Aires – Opiniões da imprensa platina – Humilhações para a dignidade brasileira – O sr. Bocaiúva radiante – A cessão definitiva de parte do território nacional – O que vale esse território – O Brasil desarmado – O segredo do tratado – A máxima de que o segredo é a alma do negócio, transplantada, com razão, do mundo dos negociantes para a esfera da diplomacia do sr. Bocaiúva – Uma aliança – O reconhecimento da ditadura – O Brasil e a Europa – O crédito do Brasil – A ditadura é o descrédito – Novas medidas compressoras da liberdade – O sr. Benjamin Constant e o seu singular desinteresse – A responsabilidade do sr. Deodoro.

O regime do militarismo ditatorial que no Brasil, como em toda a parte, se apresenta como encarnação da força e da ordem, conduz inevitavelmente ao enfraquecimento nacional e à desorganização social. Faltam-lhe as duas condições indispensáveis à vida normal dos governos, nos povos civilizados: a liberdade para os cidadãos e a sanção popular para os atos do governo. A ditadura encontra por isso em si mesma o seu castigo e a sua destruição. E não há depois talento, não há pureza de intenções que possam salvar um ditador da irrevogável condenação a que o vota a consciência universal.

O governo ditatorial do Brasil está mostrando ao mundo que é hoje impossível governar um país latino sem a liberdade. A ditadura pode conseguir dominar uma nação, mas governá-la, no sentido civilizado da palavra *governo* – isto é, dirigir a mesma nação, facilitando-lhe a realização eficaz do seu destino –, é coisa que a ditadura jamais conseguirá. O governo de um país livre e o mesmo país são entidades consubstanciadas, indivisíveis: o governo é a nação, a nação é o governo. A nação dominada pela ditadura não encontra jamais nessa ditadura a sua própria encarnação. A ditadura é o senhor; a nação é a escrava, tratada com mais ou menos brandura, mas sempre escrava. O que constitui a tirania não é a efusão do sangue; é a usurpação do direito. Os brasileiros conheceram até há pouco, na ordem doméstica, o que eram estas relações entre o dominador e o dominado, entre o senhor e o escravo. A sociedade brasileira sofreu, provenientes dessa escandalosa afronta à justiça, os males que os seus pensadores apontaram, que os seus economistas somaram, e que os seus poetas choraram. A fatalidade reservava, porém, à geração que viu extinguir-se a escravidão doméstica, o espetáculo da escravidão política.

Temos já visto funcionar este regime que parecia impossível no Brasil, atentas as formas exteriores de civilização que aquele país revestia. Continuamos hoje a acompanhar as diferentes fases da estranha transformação que no Brasil se opera. É esse um dever que se impõe a quem tem a consciência da solidariedade humana, e a quem sabe quanto as lições da história são úteis, ou nos venham do passado, ou se desenrolem, ante nossos olhos, no presente.

I

A ditadura é o enfraquecimento nacional porque é o regime em que o poder pode tudo e em que o cidadão nada vale. A certeza de que nada é impossível a quem tem o mando é a noção mais deprimente e corruptora que um povo pode aprender. Não há caráter nacional capaz de resistir à ação dissolvente desta idéia. A ditadura instalada é sempre a mestra do aviltamento, a escola da delação e da perfídia, a realização da imagem bíblica – *cadeira de pestilência*. E a geração criada sob a ditadura esquecerá para sempre os deveres da liberdade.

O poder, nos países civilizados, tem a norma inviolável que é a lei, expressão da vontade geral: o poder nos países bárbaros não tem outro limite senão a própria vontade do mesmo poder, que pode ir até onde chegar a paciência ou a fraqueza passiva dos governados. A lei é a força harmonizadora das sociedades; o arbítrio é o desequilíbrio e a contradição. A lei tem o caráter impessoal, inatacável que lhe dá a responsabilidade coletiva; a ditadura inaugura entre os povos, pelo medo ou pela lisonja, o fetichismo das pessoas, negação absoluta da liberdade. No Brasil, a ditadura não se tem podido furtar a estas fatalidades da sua natureza.

A leitura dos jornais daquele país é altamente instrutiva: e os diferentes episódios da sua vida governativa, tão anormal, são proveitosos exemplos. O regime de longa e livre discussão, tão largamente praticado no país durante cinqüenta anos, era uma preparação nacional para as leis: hoje, o habitante do Brasil não sabe a transformação que um ministro quis dar às leis senão pela surpresa que experimenta, pela manhã, ao ler nos jornais um decreto que altera subitamente as mais importantes reações sociais. E cada dia os fatos provam brutalmente que o poder tudo pode. É portanto natural que cresça entre o povo o temor de quem tem um poder tão absoluto; do temor passa-se à lisonja, da lisonja desce-se à abjeção. Os governados aviltam-se. Os governantes abusam.

O regime republicano que depôs uma dinastia vai insensivelmente criando outra. A autoridade está, sob muitos pontos de vista, personificada na família do chefe do Governo Provisório. Esta estimável família, mau grado seu, organiza-se em tribo dominadora. O dia do aniversário da esposa do marechal Deodoro tomou, nos jornais oficiosos, as proporções de um acontecimento nacional. O sr. Deodoro tem muita família, sobretudo muitos sobrinhos, a quem se atribuem muitos méritos; estes méritos, porém, nunca foram exaltados pela imprensa, que só lhos descobriu desde que o tio reina. E os sobrinhos do poder executivo e absoluto já não podem contar os seus novos e sinceros admiradores. Os jornais publicam os retratos dos sobrinhos do Marechal; todos os dias são oferecidos jantares, almoços, manifestações aos sobrinhos do Marechal. Nunca, em tempo de nenhum papa, que por mais desenvolvido tivesse o sentimento da família, foram vistos em Roma mais adulados sobrinhos – *nepoti santissimi*, como lhes chamam os romanos. Em um grande banquete, que durou longas horas, e em que o ator cômico Xisto Bahia bebeu à saúde do Marechal Pai da Pátria[1], numerosos oradores exaltaram minuciosa e entusiasticamente os méritos individuais e coletivos da

---

1. *O Paiz*, de 10 de fevereiro.

família do marechal Fonseca, que, na sua época de sacrifícios e glórias no Paraguai, jamais recebeu ovações, como as feitas agora aos drs. majores Hermes, Manoel Hermes, Percílio e Olímpio da Fonseca. Felizmente, a influência desses parentes do ditador não parece se exercer em muito mau sentido; a intervenção deles, decisiva nos negócios públicos, tem mesmo sido às vezes em favor da moderação e da justiça. E a gratidão que lhes devem os que, graças a eles, escapam às perseguições, é um sentimento que não se tem também escondido. O *Jornal do Comércio*, de 1º de fevereiro, noticia que "os empregados e subalternos da secretaria da camara dos deputados, foram, encorporados, agradecer ao dr. Hermes da Fonseca a sua intervenção para que elles ficassem nos seus lugares".

O marechal Deodoro mais de uma vez tem desfeito injustiças e corrigido disparates. Já nesse louvável intuito se viu obrigado a despedir o incorreto jacobino Aristides Lobo, que espontaneamente se improvisara ministro do Interior na confusão de 15 de novembro. Já de outra vez, fez cassar nomeações diplomáticas feitas pelo sr. Quintino Bocaiúva que escolhia ministros para representar o Brasil entre a reportagem necessitada e a boêmia intonsa que cerca aquele senhor.

Estes atos (e escolhemos entre os fatos reveladores de boas intenções, praticados pela ditadura) mostram a desordem contraditória e fatal que está sendo no Brasil o aprendizado nacional da forma republicana. O sr. Quintino Bocaiúva declara que os jornalistas contrários ao governo incorrerão nas penas de insurreição militar: o sr. Rui Barbosa, em resposta às críticas feitas a um dos seus decretos bancários, ameaça os jornalistas com as mesmas penas[2]: no Rio Grande do Sul, o jornalista Koseritz é levado à presença das autoridades e intimado a não fazer mais oposição ao governo, porque (disse-lhe o chefe de polícia) a república não podia tolerar a liberdade que havia no tempo do Império[3]. É, porém, mais forte do que tudo isto a boa vontade do marechal Deodoro; e as penas de insurreição ainda não foram, graças a ele, aplicadas a nenhum dos jornalistas que, pouco a pouco, vão criando coragem, passando do silêncio à observação respeitosa, da observação à tímida censura, saindo assim do cauteloso retraimento a que se abrigaram – porque, diz

---

2. *Diário de Notícias*, de 24 de janeiro.
3. O *Paiz*, de 20 de janeiro.

preciosamente o *Jornal do Comércio*, "a liberdade de imprensa é qual a mimosa sensitiva que ao menor toque se retrai", ou "como o límpido cristal que ao mais leve sopro se empana"[4].

Não é difícil avaliar que efeito desmoralizador tem no caráter nacional este regime de compreensão, que intimida, e que dá a liberdade aos bocados, só por mero favor e por generosidade pessoal. Este regime é para o povo a escola do servilismo e do rebaixamento. Para o governo, é a irresistível tentação do capricho e da vaidade – quando não seja a tentação do crime. Daí vêm os fuzilamentos do Maranhão, os tormentos infligidos aos prisioneiros[5]. Daí vem esse tenente que penetra na secretaria de polícia do Paraná e, sacando da espada, espanca, a *pranchadas*, o chefe de polícia, ficando o criminoso impune, e sendo a vítima exonerada a exigências da oficialidade da guarnição[6].

4. No dia 24 de dezembro o redator da *Tribuna Liberal* teve uma entrevista com o ministro da República, o sr. Quintino Bocaiúva, e perguntou-lhe se o decreto de 23 de dezembro sobre insurreição militar era aplicável à imprensa. Diz o redator:

Com a maxima franqueza logo respondeu o snr. Quintino Bocayuva que – sim, isto é, *que nas disposições do decreto contra os conspiradores a palavra* ESCRIPTOS *se referia a toda e qualquer publicação pela imprensa.*
– N'este caso, ponderamos-lhe, o decreto envolve a suppressão da liberdade da imprensa, pois que outra coisa não é arvorar-se o governo em censor do caracter mais ou menos *sedicioso* de um artigo, e mandar que o jornalista seja submetido a uma commissão militar, e summaria e militarmente punido.
– Não o contesto, disse o cidadão ministro.
Por ultimo, e para evitar qualquer futuro equivoco, dissemos que iriamos tornar publicas as declarações do snr. ministro.
– Estão no seu direito fazendo-o, respondeu o snr. Bocayuva.
Só nos restava recapitular aquellas declarações e em breves termos o fizemos: 1º que o decreto de 23 de dezembro abrange artigos ou publicações do jornalismo; 2º que para os jornalistas increpados de sediciosos cessa o fôro civil, e ficam elles sujeitos ás penas de sedição militar, respondendo por seus escriptos a uma commissão de militares; 3º que diante d'essas resoluções deixou de existir a liberdade da imprensa mórmente para os orgãos politicos. (*Tribuna Liberal*, de 25 de dezembro.)

O jornalista retirou-se, e a *Tribuna Liberal* cessou a sua publicação.
A veracidade das afirmativas do redator daquela folha *não foi contestada* nem pelo *Paiz*, órgão do ministro dos Negócios Estrangeiros, nem pelo *Diário de Notícias*, órgão do ministro da Fazenda, nem pelo *Diário Oficial*. O Centro Positivista, representado pelo sr. Miguel Lemos, protestou no *Jornal do Comércio*, de 26 de dezembro, dizendo – "as declarações do snr. ministro do exterior supprimem de facto a liberdade de imprensa, e a semelhante abuso do poder e a semelhante erro politico só podemos e só devemos oppôr o nosso protesto insuspeito, fazendo votos para que o governo rectifique a interpretação formulada pelo snr. ministro do interior".
O governo nada respondeu.
5. *Gazeta de Notícias*, de 30 de janeiro.
6. Um padre italiano que tinha honras de capelão do exército tinha sido preso por turbulento e tinha-lhe sido tomado um punhal. O chefe de polícia apressou-se em soltar o padre logo que soube das suas honras militares. O tenente foi exigir a restituição do punhal, e por essa ocasião espancou o magistrado chefe de polícia do Estado. (*Gazeta de Notícias*, de 23 e 28 de fevereiro.)

A ditadura, quando não se notabiliza pelo crime, distingue-se pela vaidade. É o governo dando uniformes fantasiosos e teatrais ao exército; o ministro da Marinha, ordenando que todos os oficiais tenham os mesmos cordões de ouro dos generais[7]; o governador do Rio de Janeiro viajando com pompa soberana, precedido de clarins, recebido por uma sociedade musical chamada *Lira dos conspiradores*, para espantar pelo fausto um país acostumado à simplicidade de Dom Pedro II[8]; o ministro da Marinha recebendo dos repórteres navais da imprensa os bordados da sua farda de almirante e regando com champanhe a dádiva[9]; o retrato do sr. Rui Barbosa, ministro da Fazenda, estampado nos novos bilhetes de banco[10], honra que nenhum país seriamente republicano deu a nenhum cidadão vivo, e que nenhum outro estadista ousaria aceitar... Eis aí o lado cômico da ditadura – lado cômico nunca percebido, ou antes sempre escondido, por uma certa imprensa que amarra sistematicamente adjetivos encomiásticos aos nomes dos governantes. O respeito do americano e do francês pelo chefe da sua Nação não os obriga a dizer mais do que Mr. Harrison, ou Monsieur Carnot; no Brasil, para os repórteres, os adjetivos de pequena gala são, pelo menos, *venerando, ínclito, invicto* e *heróico*.

Todas estas vaidades e todas estas exagerações pertenceriam somente ao domínio do burlesco se não revelassem um estado político lastimável, um verdadeiro retrocesso na dignidade e no decoro dos costumes políticos. Todo o desequilíbrio moral é funesto em suas conseqüências, embora risível nas suas formas; mas, quando revelado por quem governa, é uma verdadeira calamidade nacional. Nos negócios interiores de uma Nação a vaidade, o capricho, a ignorância e a boêmia são sempre fatais. E que resultado não é desses elementos aplicados à solução das questões internacionais de que tanto dependem a integridade e a honra dos países?

Por desgraça do Brasil, a república militar, apenas inaugurada, quis dar uma amostra da sua diplomacia. E escolheu a grave questão de limites com a República Argentina.

---

7. *Jornal do Comércio*, de 1º de fevereiro.
8. *Gazeta do Povo*, de Campos, de 3 de fevereiro.
9. *Jornal do Comércio*, de 11 de fevereiro.
10. *Gazeta de Notícias*, de 20 de janeiro.

Estudemos os antecedentes da questão, e vejamos o modo pelo qual ela parece ter sido resolvida sob o ponto de vista da honra e do interesse do Brasil.

II

A monarquia brasileira, que na República Argentina foi tantas vezes acusada, pela cegueira popular, de ambição e de espírito dominador, mas que recebeu de homens da estatura de Mitre, de Sarmiento e outros os mais irrecusáveis atestados de nobre desinteresse, deixou a chamada Questão das Missões para ser sujeita à decisão arbitral do presidente dos Estados Unidos. O governo do Brasil removera, pois, do horizonte diplomático da América do Sul a hipótese de uma guerra argentino-brasileira por motivos de limites. A questão histórica, diplomática e geográfica, destinada a ter a pacífica solução de arbitragem, tinha sido examinada a fundo por muitos publicistas brasileiros como objeto de grande e ponderado estudo. E o governo do Brasil, cônscio do seu direito (que é incontestável aos olhos de todo o mundo que aprofunde a questão), esperava tranqüilo a decisão que, pela elevada imparcialidade do juiz escolhido, não podia ser senão favorável à causa brasileira.

O Governo Provisório da República não soube e não quis deixar que o tratado argentino-brasileiro, de 7 de setembro de 1888, produzisse todos os seus efeitos – isto é, não quis permitir que se realizasse o juízo arbitral.

Por quê? Desconfiaria da imparcialidade do árbitro escolhido pela monarquia? Esta suposição é inadmissível para quem conhece a seriedade do governo livre da grande República Americana.

Duvidaria o Governo Provisório do direito do Brasil? Seria preciso para admitir esta hipótese supor que o Governo Provisório não tinha a menor noção do litígio. Mas, ainda nesse caso, não era de simples bom senso infinitamente preferível deixar que o Brasil se sujeitasse às contingências da decisão arbitral do que ceder precipitadamente um vasto território, abrindo mão de parte, de grande parte, do direito que o Brasil sempre reclamou para si? Se o Governo Provisório adotou sinceramente a designação de – Provisório – para que esta ânsia inexplicável de resolver a mais delicada questão de honra da

Nação, a questão da integridade de seu território? Mais simples e mais patriótico seria, com certeza, ainda no caso de recusa do juízo arbitral já aceito por ambos os países, esperar pela Constituição definitiva do governo nacional.

Há, porém, em todo este extraordinário negócio das Missões, de que a *Revista* já se ocupou no seu número de fevereiro, certos lados misteriosos, indefiníveis, que o tornam uma verdadeira curiosidade diplomática. A *Prensa*, grande diário de Buenos Aires, comentando o inesperado triunfo obtido pelo governo argentino, constatou orgulhosamente: "El Brasil se ha *apresurado* á terminar el arreglo *definitivo* de sus viejas cuestiones con esta Republica, y ha querido hacerlo *en formas nuevas y extraordinarias.*"[11]

Novas e extraordinárias são realmente as formas diplomáticas da ditadura brasileira! É novo, por certo, e sem dúvida extraordinário, que um governo, por seu gosto e sem a dura pressão da necessidade, tenha humilhado o seu país perante o estrangeiro, sacrificando a sua honra, os interesses da sua segurança e a integridade de seu solo! E este sacrifício foi feito em condições particularmente humilhantes para o Brasil. O negociador brasileiro levou aos últimos extremos a adulação do amor-próprio argentino e o esquecimento da dignidade do seu país. Foi do sr. Quintino Bocaiúva a idéia de ir ao Rio da Prata o próprio ministro dos Negócios Estrangeiros do Brasil para ali firmar o tratado. O público argentino apreciou devidamente a posição de inferioridade em que o Brasil assim voluntariamente se colocou. O órgão oficioso do presidente da República Argentina não deixou de acentuar o fato: "A vinda de Quintino Bocayuva ao Prata", diz o *Sud America*, "adiantando-se ante o nosso governo, é uma prova muito alta de deferencia que um governo presta a outro. Aos que condennam a politica da actualidade, em todas as suas faces, como um desastre, insinuando abertamente que o governo tem perdido o credito e o prestigio do paiz no exterior, a esses, oppomos este facto, como um desmentido incontestavel"[12].

Resolvido este ato de quase subserviência internacional, o sr. Bocaiúva, entusiasmado, telegrafou ao representante do Brasil em Buenos Aires anunciando que, ao chegar à República Argentina, "o seu

---

11. Editorial de 29 de janeiro de 1890.
12. *Sud America*, de 14 de janeiro.

primeiro abraço seria para dois velhos amigos de sua alma, para Luiz Varella e Carlos Guido, que, mais que nenhuns outros, lhe tinham feito amar e admirar as glorias do povo argentino"[13]. A opinião pública argentina, o governo, a imprensa cantaram vitória; e deram a sua causa por ganha desde que souberam que o tratado ia ser feito pelo sr. Bocaiúva, por todos indicado como "o publicista brasileiro mais amigo da Republica Argentina"[14], como "o representante caracterisado da nova politica brasileira, e o antigo amigo da Republica Argentina"[15]. Um jornal lembrou que há alguns anos o sr. Bocaiúva, que "além de habil politico é tambem, *como Racine e Octave Feuillet, um exellente moralista*", fizera em um teatro do Rio de Janeiro uma conferência sobre a mulher argentina. Segundo esse jornal, foi ruidoso o efeito dessa conferência: "Quien es este hombre que nos viene a decir novedades tan buenas?" O jornal argentino diz que esta era a pergunta feita a si mesmos pelos aristocratas brasileiros "acostumbrados a vivir entre las fieras como Nabucodonosor y que solo a partir de aquel momento conocieron que la virtud no era simplemente una palabra"[16].

Assim, com desprezo mais ou menos franco, falavam do Brasil os jornais argentinos, ao ocuparem-se do enviado que vinha caminho de Buenos Aires.

Enquanto esta era a linguagem da imprensa platina, no Rio de Janeiro o ministro democrata mandava fazer grandes obras a bordo do encouraçado *Riachuelo*, para acomodar a sua família, os seus genros, amigos, repórteres, que no meio de grande fausto o deviam acompanhar a Buenos Aires, formando-lhe um séquito régio – régio não pelo brilhantismo dos personagens, mas pelas grandes somas que ao Tesouro brasileiro custou esta embaixada *rastaquouère*! Assim se iniciava a cômica e revoltante odisséia, cheia de chato cabotinismo, abundante em desfrutáveis incidentes, aliás bem tristes quando se pensa que *aquilo* pretendia representar o Brasil. A viagem custou ao país avultadíssima quantia: e não foi senão uma sucessão de atos de inútil adulação aos argentinos por parte do ministro brasileiro, e de mal contidos sarcasmos escapos à sinceridade argenti-

---

13. *Sud America*, de 16 de janeiro.
14. Carta do sr. Varella à *Nación*, de 14 de janeiro.
15. *Prensa*, de 29 de janeiro.
16. *El Diario*, de 29 de janeiro.

na através do ruído das festas. O Rio de Janeiro assistiu com triste indiferença à partida da estranha expedição; e compreendeu logo que de tal aventura não sairiam ilesos nem o prestígio nem o interesse do país. O povo brasileiro vira muitas vezes modestos e pobres homens de Estado partirem para o Rio da Prata, como simples passageiros, em navios mercantes; e sabia que nessas regiões, lutando contra seculares preconceitos, esses homens fizeram prevalecer sempre a influência do Brasil, preponderar a sua política, consagrando em tratados a glória adquirida pelas armas, e criando para a diplomacia brasileira uma legenda de habilidade e de energia. Bem diversos eram esses enviados do Brasil deste pedantesco passageiro do *Riachuelo*! Os enviados de Roma, que intimaram a Pirro a retirada da Itália e que passaram à África desafiando Cartago, trajavam lã grosseira e eram pobres: mas iam vestidos de púrpura e de sedas, cobertos de ouro, e em tudo magnificentes, os *ennuchos* de Bizâncio, que iam às fronteiras levar aos bárbaros o duro tributo com que a grandeza romana, ao extinguir-se, comprava a paz ao inimigo.

Em Montevidéu, a feição antipatriótica e espetaculosa do regabofe diplomático acentuou-se ainda mais. Figurou logo na viagem do sr. Bocaiúva o toureador Mazzantini: e a tauromaquia veio assim ajudar a diplomacia. Assistiam oficialmente à tourada o sr. Bocaiúva e o plenipotenciário argentino. "Mazzantini offereceu a morte do terceiro touro aos ministros Bocayuva e Zeballos, brincando pela felicidade do Brazil e da Republica Argentina e pela união das republicas sulamericanas." A espada de Mazzantini impedirá pois a história de dizer que não derramou sangue pela questão de limites entre o Brasil e a República Argentina. Houve o sangue de um boi. E não foi, pois, tão incruentamente, como se afirmou, que esse país pelo tratado Bocaiúva ganhou sobre o Brasil mais de quinhentas léguas quadradas. O jornal argentino conta ainda que o enviado brasileiro mandou chamar Mazzantini ao seu camarote e, diante do público entusiasmado, desprendeu do colete a custosa cadeia e o relógio de ouro, e entregou essas jóias ao toureador. "El doctor Zeballos", continua o jornal, "quedó muy impresionado por lo del toro y por lo del regalo!"[17]

De outra vez, uma comissão de jornalistas foi levar ao sr. Bocaiúva o distintivo dos membros da imprensa de Montevidéu (?). Este dis-

---

17. Telegrama de Montevidéu para *El Diario* de Buenos Aires, de 27 de janeiro.

tintivo é trazido, segundo parece, na botoeira da casaca. Um jornal uruguaio conta que a pessoa encarregada de colocar a insígnia ao peito do ministro teve de pedir um canivete para abrir a casa do botão, e que o dr. Alonso Criado, que se achava presente, disse, dirigindo-se ao mesmo sr. Quintino Bocaiúva: "Ojalá sea esta la unica herida que se le infiera al notable republicano fluminense!"[18]

A negociação entabulada em Montevidéu teve sempre intermédios desta ordem. Enquanto ela durava, em Buenos Aires faziam-se preparativos para a recepção. O presidente da República Argentina, porém, não julgou dever esperar o extraordinário representante do Brasil; e ostensivamente partiu para a sua casa de campo na província de Córdoba, onde o sr. Bocaiúva, que em Buenos Aires não encontrou o chefe do Estado, teve de o ir procurar. O jornal oficioso do presidente não deixou de consignar o fato com visível satisfação. Depois de dar o programa das festas preparadas em honra do sr. Quintino Bocaiúva, disse a folha oficiosa: "El presidente permanecerá en su residencia de campo Las Rosas, sin venir a esta ciudad. Se sabe ya que el dr. Quintino Bocayuva estará solo en Buenos-Ayres hasta el viernes próximo, pasando en seguida á Cordoba, á visitar al Señor Presidente de la Republica."[19]

Na véspera, outro jornal dizia que o sr. Quintino Bocaiúva, como membro do Governo Provisório que estava organizando o Brasil republicano, fazia bem em visitar a República Argentina para "aprender como Sesostris, como Solon, como Licurgo, como Triboniano, etc., etc., viajando por los paises más adelantados en la ciencia del buen gobierno"[20]. Estas vaidosas e disparatadas afirmações eram um prematuro comentário ao discurso pronunciado dias depois pelo sr. Bocaiúva que não trepidou em pronunciar estas indecorosas palavras: "La gran revolucion efectuada por el pueblo del Brazil, ha sido sin duda inspirada por el espectaculo de sus pueblos libres vecinos. Vosotros, pues, habeis *prestado vuestra colaboracion al triunfo de la república. Os lo agradezco y os saludo!*"[21]

Poderíamos acrescentar a este exemplo muitos outros, que todos serviriam para provar até que ponto chegou o servilismo do sr. Bocaiúva.

18. *El Diario*, de 25 de janeiro.
19. *Sud America*, de 28 de janeiro.
20. *El Diario*, de 27 de janeiro.
21. *Nación*, de 30 de janeiro.

Na sua sofreguidão de entregar aos argentinos parte do território brasileiro, o sr. Bocaiúva, em Montevidéu, apressou-se em assinar o tratado, sem esperar sequer a chegada àquela cidade do coronel brasileiro Dionísio Cerqueira, membro informante que tinha explorado o território em litígio, e que se achava em viagem de Missiones para Montevidéu![22]

Que extraordinário tratado foi esse, assinado entre os folguedos de uma viagem burlesca, entre atos de indigna leviandade – e depois guardado em tão profundo silêncio?

*
* *

Bastaria registrar a explosão de contentamento do governo argentino, as festas feitas ao enviado brasileiro, os aplausos dados aos diplomatas argentinos srs. Moreno e Zeballos, para um observador concluir que esse tratado foi forçosamente favorável à República Argentina.

O Paiz, órgão do sr. Quintino Bocaiúva, disse: "Pelo tratado ficam salvas as povoações brasileiras existentes na proximidade da linha de demarcação de fronteira, sendo ao mesmo tempo respeitada a posse dos povoadores que por acaso fiquem de um ou de outro lado da linha. Segundo nos informam, os rios Chopin e Chapecó pertencerão ao Brazil em todo o seu curso e igualmente todo o território do municipio de Palmas no Estado do Paraná."

O *Jornal do Comércio*, de 8 de fevereiro, diz: "O tratado recentemente assignado em Montevideu, segundo as informações vagas que até agora têm chegado ao conhecimento do publico, procurou resolver a antiga pendencia, dividindo o territorio litigioso em duas partes por meio de uma linha quasi recta, traçada da foz do Chopim no Iguassú até á foz do Chapecó no Uruguay, abrangendo a parte occidental ou argentina *quinhentas leguas*, e a parte oriental ou brazileira trezentas leguas, no dizer da imprensa de Buenos-Ayres."

O mapa do território litigioso que juntamos a este artigo mostra bem claramente a extensão e a importância do território que a República Brasileira cedeu à República Argentina. Não podemos acre-

---

22. "El sábado, ó á más tardar el lunes, firmarán los tratados de limites. Bocayuva está resuelto á terminar la cuestion sin esperar al coronel M. Cerqueira, miembro informante que ha explorado el terreno en litigio y que está en viaje de Misiones para esta ciudad." (*Nación*, 23 de janeiro.)

A ditadura no Brasil 51

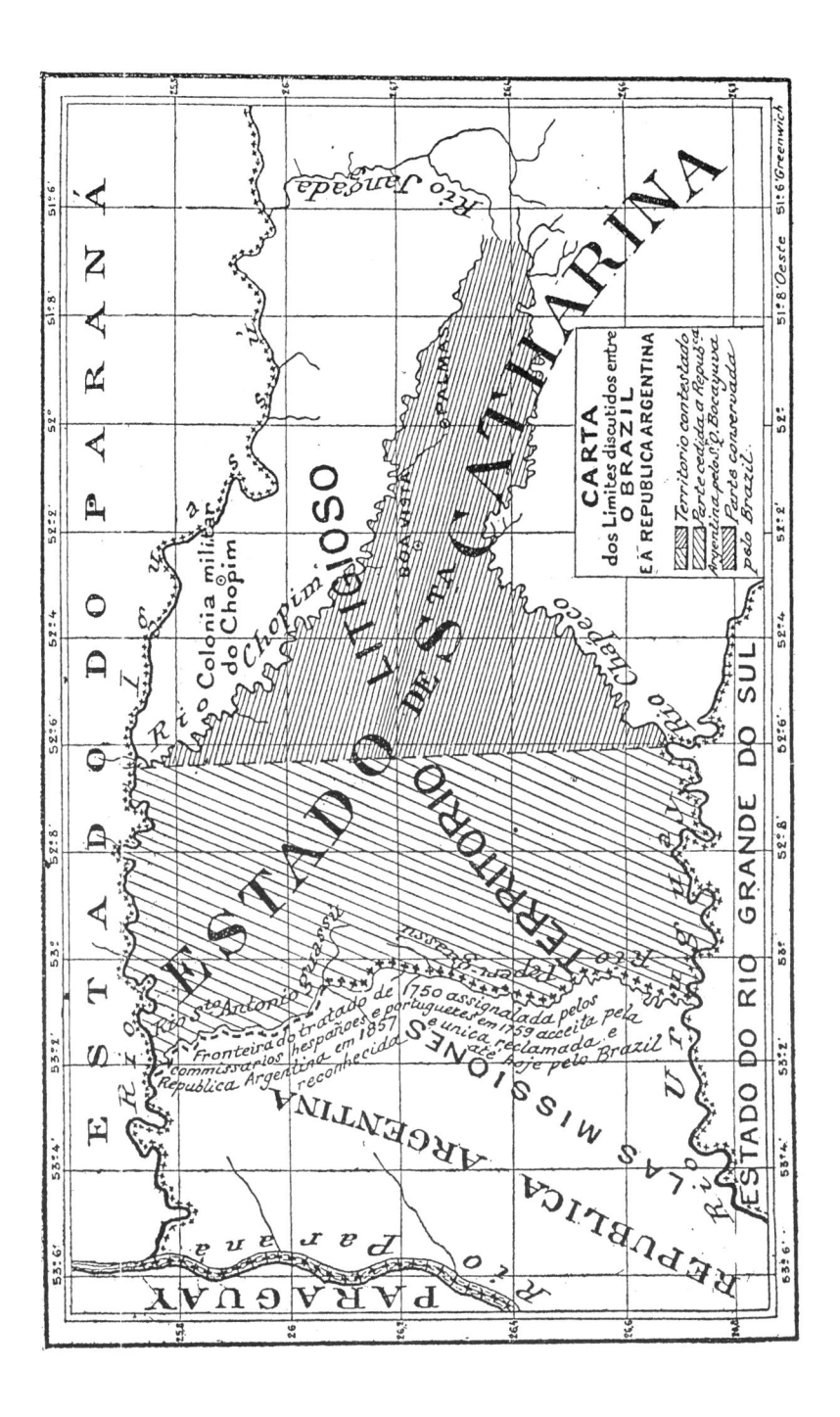

ditar que o governo brasileiro fosse, pelas ameaças do seu vizinho, acuado e obrigado a ceder, segundo disse o *Times*, que afirmou ter sido o governo do Rio de Janeiro *put in a corner*. Esta é todavia a impressão do estrangeiro: e é a versão que os argentinos têm procurado fazer acreditar na Europa, como já em novembro tinham dito, antes do sr. Bocaiúva, que a revolução brasileira era obra deles. O mais provável, porém, é que esta cessão de um território fértil, o estabelecimento dessa linha de fronteira tão perigosa para a segurança do Brasil, foi um ato de precipitação inconsciente.

Pelo mapa vê-se que o tratado Bocaiúva prolongou o território argentino pelo interior do Brasil, deu ao exigente vizinho do Brasil o curso inteiro do Santo Antônio Gassu e do Peperi-Guassu, rios sempre considerados fronteira do Brasil, determinados como tais pelo tratado de 1750, assim confirmados pela comissão hispano-portuguesa de 1759, e solenemente aceitos como tais pela República Argentina pelo tratado de 14 de dezembro de 1857, que foi sujeito à legislatura argentina, por ela aprovado e retificado pelo Brasil! Este território onde os habitantes de Curitiba penetraram desde tempos imemoriais, onde se têm estabelecido fazendas de cultura e de criação pertencentes a brasileiros, estas margens do Peperi-Guassu junto ao qual em 1759 os comissários de Portugal e Espanha acharam *vestígios de roças atribuídas aos paulistas*, este território foi espontaneamente cedido pelo sr. Bocaiúva, entre o ruído das festas de Montevidéu e Buenos Aires!

Mas a terra do Brasil pouco parece valer para este faustuoso diplomata da democracia brasileira, que gasta tantos contos em uma viagem, distribui relógios de ouro a toureadores e presenteia com centenares de léguas quadradas do solo pátrio os seus amigos estrangeiros.

O Brasil, cônscio do seu direito, nunca procurou impedir o justo desenvolvimento territorial da República Argentina. Por intervenção do Brasil obteve a Argentina na margem direita do Paraguai o Chaco e o mesmo território das Missões. E quando o governo de Buenos Aires regulou as suas questões de limites com o Chile, em 1881, teria bastado uma palavra do Brasil para impedir que a República Argentina ficasse com toda a Patagônia.

Dirão os defensores do sr. Bocaiúva que o território das Missões é um território deserto e sem valor. Se essa fosse a verdade, por que teriam os argentinos envidado, nestes últimos anos, tantos esforços para conservar esse território? Até há bem poucos anos, todas as cartas argentinas, cartas oficiais, consideravam como limites da República os limites do território reclamado pelo Brasil por direito próprio que lhe provinha dos tratados e da ocupação real. E a esta ocupação não se pode dar o caráter de simples incursões de invasores brasileiros. O próprio sr. Quintino Bocaiúva, em 25 de janeiro, telegrafou para o seu jornal, *O Paiz*: "O acôrdo de limites foi assignado hoje. Serão salvaguardadas *todas as povoações brasileiras e os direitos de propriedade...* A satisfação é geral." E devia realmente ser geral a satisfação na República Argentina: esse país, graças ao sr. Bocaiúva, ganhava um território que ele *não considerava seu*. É verdade que em 1882 o Congresso argentino decretou a nacionalização do território das Missões até então pertencente a Corrientes, aí criou departamentos e lhes assinalou limites, ultrapassando as fronteiras brasileiras, e chegou mesmo a ponto de anunciar que ia ser vendido em lotes parte do território que o Brasil considerava seu: mas este ato de audácia gorou, ficou inútil, em vista das enérgicas reclamações do Brasil.

O território das Missões, segundo o tratado do sr. Bocaiúva, é uma verdadeira cunha entrando pelo Brasil adentro. O conhecido escritor chileno sr. Vicuña Mackenna, tratando da situação da América do Sul, disse uma vez que o Brasil era um animal tendo cravado nas carnes um dardo penetrante, que era o território das Missões. O sr. Bocaiúva, trazendo a fronteira argentina mais para dentro do Brasil, enterrou ainda mais esse dardo. Pelo tratado do sr. Bocaiúva, o território argentino avança para o Brasil três lados de um quadrilátero: ao norte o Iguassu, ao sul o Uruguai, ao oriente uma fronteira aberta por onde um ataque é facílimo desde que o caminho de ferro argentino do Nordeste, hoje em construção, chegue às Missões, e que os argentinos se aproveitem da navegação do Uruguai e do Iguassu. Com esses meios de transporte, uma concentração de tropas nas Missões é negócio de poucos dias e, pela fronteira aberta pelo sr. Quintino Bocaiúva, os argentinos entram de plano no Brasil, invadindo três Estados, cortando as comunicações entre eles e ferindo em pleno coração o Brasil meridional. O território argentino, agora tão avançado para o oriente, dificulta na paz e impossibilita na guerra a comunicação entre o resto do Brasil e o Estado do Rio Grande do Sul. Abandonada a fronteira do Santo Antônio e do Peperi-Guassu, única defensável, na opinião dos competentes, a República Argentina acha-se possuidora e senhora de um grande pedaço de terra sempre considerada brasileira, e, segundo observa o escritor, o sr. Max Leclerc, do *Journal des Débats*, que há pouco visitou o Brasil, a província do Rio Grande do Sul não se acha mais aderente ao Brasil senão pela estreita faixa de terra da província de Santa Catarina, que o tratado Bocaiúva veio estreitar ainda mais. O Rio Grande, segundo o escritor francês, é um fruto maduro que todos temem venha a cair, e o tratado Bocaiúva deu-lhe ainda um talho no pedúnculo enfraquecido[23].

Vê-se isto claramente nesta carta territorial do grande país americano que tão soberbamente era chamado outrora a América portuguesa e que se estende do norte do Equador até perto da embocadura do Prata, vasta extensão de território cercada pelo mar e pelos povos de descendência espanhola. Pequenas seções de território ao norte mostram as parcelas de solo que alguns vizinhos disputam; e, para o sul, está indicado o ponto fraco, o campo onde a República Argentina acaba de ganhar tão assinalada vitória.

Este extraordinário tratado, tão festejado na República Argentina, foi recebido no Brasil com a maior desconfiança. Os argentinos chegaram a pasmar diante da atitude tão inesperada da República Brasileira: "La sorpresa no podia sernos más agradable. La nueva republica coronaba con un *hecho maravilloso* el gran suceso del 15 de noviembre."[24]

Mas foi sobretudo a oficialidade do exército que se impressionou patrioticamente com a idéia de que, estando o Brasil inteiramente sujeito à espada de um general, e sendo o governo militar, o território brasileiro, zelosamente conservado intacto durante sessenta e oito anos de governo civil, fosse cedido em parte quando governa o exército, cuja missão única é a defesa do solo da pátria. Esta inquietação do exército era bem natural, porque a história há de dizer que o exército no Brasil era tudo, tudo podia, quando se efetuou uma cessão do território brasileiro! O sr. Quintino Bocaiúva desaparecerá em breve, perdido na grande perspectiva da história; mas a responsabilidade do exército onipotente, essa ficará!

Alguns oficiais brasileiros fundaram um jornal, o *Cruzeiro*[25], e pediram ao Governo Provisório que revelasse a verdade a respeito do negócio das Missões. Diziam eles:

---

23. *Journal des Débats*, de 19 de fevereiro.
24. *El Diario*, de 8 de janeiro.
25. Estávamos enganados. Os oficiais do exército brasileiro não se ocuparam da cessão de território feita pelo sr. Quintino Bocaiúva. O *Cruzeiro* é órgão de alguns eclesiásticos.

SITUAÇÃO TERRITORIAL DO BRAZIL NO CONTINENTE SUL-AMERICANO

As linhas transversaes indicam o territorio Argentino e os territorios contestados ao Brazil pela Colombia (1) pela Inglaterra (2) e pela França (3).

A linhas verticaes indicam o territorio dos outros paizes limitrophes do Brazil.

A secção negra ▓ do territorio de missiones é a parte que parece attribuida a Republica Argentina, a parte menor indicada por linhas cruzadas ▨ é a que o Brazil ainda conservara.

Pelas noticias que nos chegam, o nosso territorio está diminuido, a nossa patria amesquinhada, a integridade do sólo esphacelada, as nossas fronteiras descobertas, o Brazil invadido.

É por isso que emquanto os argentinos batem palmas e fazem festas estrondosas pela conclusão do *tratado*, o espirito brazileiro sente-se acabrunhado e entristecido.

Em justa impaciencia o sangue patriota referve indignado, esperando que a luz se faça sobre os acontecimentos.

Pela honra da patria, pelos brios do ministerio, em nome da nação, o povo quer saber ao certo a que proporções se reduz a questão das Missões.

Se é uma negociação diplomatica, ou uma negociata particular.

Se é uma questão de honra nacional, ou um arranjo de amigos.

Se é uma concessão de justiça, ou uma entrega clandestina.

Se é uma politica larga que grangeia amigos, ou uma armadilha que nos trará futuras guerras.

Se é um tratado de aliança franca entre irmãos de hoje, ou um ajuste secreto entre republicanos de hontem.

O paiz quer saber se em tudo isto ha luz ou trevas.

É preciso que o governo falle. Assim o exigem os brios nacionaes e a dignidade do representante brazileiro.

Depois desta intimativa que o patriotismo justifica, era natural que o Governo Provisório dissesse alguma coisa; e, efetivamente, um longo artigo do *Diário Oficial* de 18 de fevereiro informou o público de que o tratado seria conservado secreto até a instalação da Assembléia Constituinte, e que toda a discussão do assunto era prematura!

De onde vem reserva tão singular? O Brasil não estava acostumado a este sistema. No tempo da monarquia, os seus tratados de limites foram todos publicados apenas celebrados, e sujeitos à mais ampla discussão. Se o tratado não ofende o pundonor brasileiro, por que conservá-lo secreto? Se a honra, se os interesses do Brasil ficaram sacrificados, para que correu pressuroso o governo a celebrar tal tratado, sem esperar a Constituição definitiva do governo nacional?

O liberalismo americano, tão apregoado pelo Governo Provisório, não é um sentimento compatível com todas estas reservas e artifícios, já caídos em desuso entre as velhas monarquias européias. A República Brasileira deve estar bastante consolidada no interior para não temer as explosões de um descontentamento nacional. Se o povo só tem motivos para rejubilar com o tratado, para que furtar ao povo o conhecimento pronto da felicidade que ele deve ao sr. Bocaiúva? Para que adiar as bênçãos que a Nação tem de lançar sobre a cabeça daquele cidadão, aquela mesma cabeça com que (disse ele em um discurso em Buenos Aires) *ficava garantida* a execução do tratado?

Este silêncio do governo, esta sonegação da verdade que a Nação tem o direito de saber, é a prova de que nada de bom tem o Brasil a esperar do tratado secreto. O que hoje se sabe desse documento é o que dele quiseram revelar a imprensa oficiosa de Buenos Aires, e o próprio sr. Bocaiúva por meio do seu jornal *O Paiz*. Estas revelações, decerto muito atenuadas e apresentadas de conformidade com os interesses dos declarantes, só por si dão, como vimos, uma idéia já bastante precisa da extensão do sacrifício do Brasil. Por ora, fica suspenso o juízo dos brasileiros quanto às outras cláusulas do tratado. O campo está, pois, livre a todas as suposições: teria o governo do Brasil obtido promessa de uma intervenção argentina em caso de revolta no Rio Grande do Sul? Teria consentido no desaparecimento do Paraguai e na conquista de Montevidéu, sonho dourado dos patriotas argentinos? Ou teria apenas lançado as bases de um novo e verdadeiro *Zollwerein* da tirania, obtendo, em troca de igual favor, que aos deportados e banidos do Brasil fosse interdito o Rio da Prata? Tudo é permitido supor nesse regime de mistério com que a República Brasileira pretende estar praticando a máxima positivista: "Viver às claras." Tudo é de esperar do sistema de opressão e de irresponsabilidade que essa república, seguindo uma política de eras tirânicas, inaugura agora no Brasil.

*
* *

Os jornais do Rio da Prata e do Rio de Janeiro revelam-nos ainda um lado gravíssimo da embaixada do sr. Quintino Bocaiúva. "O embaixador brasileiro", diz um telegrama de Buenos Aires para o *Jornal do Comércio*, de 8 de fevereiro, "submetteu ao presidente da republica um projecto de alliança pacifica entre o Brazil e a Republica Argentina." Em um dos discursos do sr. Bocaiúva em Buenos Aires, da janela de um hotel ou de um palco de teatro, lê-se esta frase: "Se o sangue brazileiro tiver de misturar-se ao sangue argentino, é porque elle será derramado em commum, em defeza da mesma causa."

Por aquele telegrama e por essa declaração vê-se que o Governo Provisório, por meio do seu representante extraordinário, mostrou a intenção de ligar o Brasil à República Argentina em uma estreita aliança. Não se limitou a ceder o território; o governo brasileiro quer ainda que o Brasil vá talvez derramar o sangue de seus filhos e gastar o dinheiro de seu Tesouro em favor da República Argentina. Uma aliança entre os dois países é só em favor da República Argentina. O Brasil não tem questões com o Uruguai, nem com o Paraguai, nem com o Peru ou com a Bolívia. Em compensação, a República Argentina tem no seu futuro probabilidades de grandes lutas.

Com o Chile ela terá, mais dia menos dia, de assinalar positivamente os limites designados em 1881. Pelo tratado chileno-argentino, destinado a vigorar somente durante dez anos, a fronteira entre os dois países passará pelos cumes mais elevados da cordilheira dos Andes, e no sul da Patagônia e na Terra do Fogo será estabelecida por duas linhas astronômicas, uma em latitude e outra em longitude, que não estão ainda assinaladas na sua extensão. Ora, a ciência ainda não determinou quais os pontos mais elevados dos Andes; mas todos sabem que eles dominam numerosos vales fertilíssimos, cuja propriedade pode ser duvidosa e terá de ser disputada por ambos os países. O sul da Patagônia e a Terra do Fogo, pelas explorações que ali se têm feito, também se anunciam como regiões mineiras de grande futuro. Nos Andes tem havido já sangrentos conflitos entre chilenos e argentinos. O Chile, em violação do seu tratado, fortificou em parte, e está pronto a fortificar ainda mais, o estreito de Magalhães. Há entre os dois países grande antipatia; aos argentinos doeram imensamente as vitórias dos chilenos contra o Peru. Eis aí plausíveis motivos para possibilidade de um conflito entre o Chile e a República Argentina. Se vingar a política do sr. Bocaiúva, o Brasil terá (quem sabe se de um momento para outro?) de pegar em armas, agüentar nos passes da cordilheira o embate da fúria chilena, guiada pela perícia e pela disciplina exemplar dos oficiais chilenos que desdenham e não querem para si as *glórias* dos *pronunciamientos*; enquanto a esquadra brasileira terá de guardar as costas da República Argentina, ou terá de ir, pelos tempestuosos mares do sul, ao encontro dos poderosos encouraçados do Chile. A ninguém escapa a noção da injustiça e dos perigos desta guerra contra uma nação amiga, que, dispondo de grandes recursos (e que sendo, depois da revolução do Brasil, o governo sul-americano que de mais crédito goza na Europa), poderá, graças aos seus admiráveis soldados, fazer valer os seus direitos. O governo chileno não foi indiferente ao que se disse e ao que se fez em Buenos Aires. Pela linguagem da imprensa chilena, coincidindo com a retirada do ministro do Chile no Rio de Janeiro, vê-se que aquele governo inteligente e forte percebeu o perigo – mas não ficou intimidado.

Isto em quanto ao Chile. Pelo lado da Bolívia um conflito com a Argentina é sempre iminente. Divisões mal traçadas; uma nação mediterrânea, privada de comunicação direta com o mundo civilizado, aspirando a ter uma saída; e essa nação tendo por vizinho um povo invasor que cresce pela imigração, que desenvolve rapidamente os seus meios de ação – eis suficientes motivos de guerra[26].

O Paraguai e o Uruguai, esses tremem naturalmente diante da República Argentina. A constante aspiração dos homens públicos deste país, a preocupação revelada por seus escritores é formar de novo o antigo vice-reinado de Buenos Aires, de criar uma nacionalidade que faça frente ao Brasil e que, crescendo em importância, deixe sempre o Brasil em posição secundária no continente. Os dois países ameaçados compreendem o seu perigo; e a sua situação tem estado várias vezes seriamente arriscada.

O que acima dizemos pode ser resumido deste modo:

O Brasil não tem questões perigosas a temer desde que se diz resolvida a Questão das Missões;

A República Argentina, ainda depois de liquidadas suas contas com o Brasil, tem diante de si várias probabilidades de guerras;

E, apesar disso, a República Brasileira vai apressadamente a Buenos Aires propor uma aliança que obrigará talvez o Brasil aos sacrifícios e aos riscos de lutas com que ele só tem a perder!

Eis, em breves traços, o que em cinco meses tem feito a diplomacia da ditadura.

*
* *

Essa ditadura foi reconhecida pelos países americanos, justamente na razão inversa da importância e da seriedade dos países. A

---

26. Afirma-se que o governo argentino perguntou ao sr. Bocaiúva como o Brasil veria a conquista da Bolívia pela Argentina. O sr. Bocaiúva respondeu que não estava preparado para tratar do assunto.

última nação americana a reconhecer o governo militar foram os Estados Unidos. A imprensa daquele grande país, onde a lei impera, onde se respira a liberdade, onde o povo governa, estranhou a prolongação inútil do arbitrário ditatorial, reprovou as medidas de banimento, as prisões, as deportações, e admirou-se do menosprezo em que era tida a representação popular pelo governo que se apoderou do Brasil. A República Francesa, pelo órgão do seu ministro dos Negócios Estrangeiros, sr. Spuller, declarara na câmara francesa que o governo só reconheceria a República Brasileira quando esta estivesse constituída pelos representantes eleitos da Nação[27]. E se os Estados Unidos abriram uma exceção a esta atitude que foi a de todos os grandes Estados – é que muito bons motivos para isso tiveram o seu governo e o sagacíssimo sr. Blaine, secretário de Estado. O governo americano sempre reconheceu os governos de fato; basta dizer que foi o único país do mundo que reconheceu o despotismo de Dom Miguel em Portugal. Mas aqui a razão foi outra. O reconhecimento da República Brasileira só ficou resolvido em 31 de janeiro de 1890. Poucos dias antes, os jornais norte-americanos publicavam extratos do relatório aprovado pelos representantes do congresso pan-americano reunido em Washington. A maioria dos representantes dos diferentes países, apesar de algumas reservas, admitira a conveniência de um ensaio de reciprocidade aduaneira entre os países americanos, para preparar, no futuro, o estabelecimento do livre-câmbio americano. Os representantes do Brasil votaram com a maioria. Os representantes do Chile e da República Argentina, esses, separaram-se dela ousadamente e votaram pela repulsa *in limine* de toda a tentativa de acordo que, no fundo, não poderia dar outro resultado senão estabelecer, para sempre, a suserania econômica e comercial dos Estados Unidos sobre toda a América, e romper quase que totalmente as relações econômicas e comerciais com a Europa. O governo chileno e o governo argentino sabem que a fraternidade americana é uma bela coisa; mas não se esquecem de que a civilização lhes vai da Europa, donde argentinos e chilenos incessantemente recebem braços e capitais que não podem dispensar para o seu engrandecimento e riqueza. Os representantes do Brasil em Washington separaram-se do Chile e da República Argentina, dois países que acabam de mostrar o quanto prezam a sua autonomia, quão viva têm a intui-

---

27. Sessão de 2 de dezembro de 1889.

ção dos seus destinos: e com que fim? Com o fim de obter dos Estados Unidos o reconhecimento tardio do Governo Provisório! Outra triste obra da diplomacia ditatorial.

III

Por mera solidariedade humana, pelo simples exercício de pensar, a Europa teria o direito de estudar a revolução brasileira, ainda que no Brasil não vivessem tantos milhares de europeus, ainda que capitais tão avultados, saídos das economias européias, não estivessem empregados naquele país. A nação brasileira, promovendo a emigração européia para o seu solo, solicitando periodicamente novos auxílios monetários da Europa, não pode estranhar que a Europa queira examinar a condição feita a seus filhos, o destino e as garantias do seu dinheiro.

E o que pode a Europa esperar de uma ditadura criada pela revolta de uma classe armada, entronizada manifestamente pela indisciplina do exército e da marinha?

A ditadura brasileira nasceu de um *pronunciamento*; e a longa experiência de todo este século tem mostrado o que são as finanças dos países de *pronunciamientos*. Um escritor define o *pronunciamiento* da seguinte forma: "O *pronunciamiento* é um movimento militar que, quando bem succedido, faz avançar de um posto todos os militares que n'elle tomam parte." E não faz mais nada de útil.

No Brasil, ainda que os decretos do Governo Provisório não começassem todos com a forma: "O generalissimo Manoel Deodoro da Fonseca, chefe do Governo Provisorio constituido pelo Exercito e pela Armada, etc., etc."; ainda que o povo não tivesse assistido *bestificado* ao movimento, *puramente militar*[28] – as numerosas promoções publicadas dias depois viriam provar que a revolução do Brasil foi um *pronunciamiento*. O sobressalto dos capitalistas foi por isso naturalíssimo; e a experiência posterior justificou plenamente as apreensões primitivas.

O crédito é a confiança: e não podendo haver confiança em um regime de surpresas e de violências, o crédito brasileiro caiu. A dita-

---

28. Carta escrita ao *Diário Popular* de São Paulo, de 17 de novembro, pelo sr. Aristides Lobo, ministro do Governo Provisório.

dura que no interior destruiu a liberdade, e no exterior humilhou o país perante a República Argentina, desacreditou o Brasil na Europa financeiramente.

Os capitalistas europeus guardarão triste lembrança da revolução do dia 15! As empresas brasileiras, já quase lançadas nos mercados da Europa, ficaram indefinidamente adiadas; os empréstimos de duas províncias[29], empréstimos resolvidos e aceitos antes da revolução, fracassaram desastrosamente; e o crédito de 150 milhões de francos, aberto em Paris ao governo da monarquia por alguns banqueiros franceses, foi imediatamente cancelado. Por quê?

Os capitalistas sabem o que querem. A ditadura fez-lhes promessas: mas a ditadura seguiu uma via de arbítrio sem limite, caracterizada pelas medidas mais contraditórias, pelo esbanjamento de dinheiro, pelo prurido de legislar e de reformar, pelo sistema de sobressaltar os interesses conservadores da sociedade.

A confiança desapareceu, e o descrédito foi-se alargando.

Os decretos sucedem-se aos decretos; e todos eles extensos, escritos com precipitação revelada na incorreção da língua e na confusão do método, nada estatuem de durável e só desacreditam a inteligência dos novos legisladores brasileiros, tão inferiores aos antigos. Nos decretos bancários do sr. Rui Barbosa, que se contradizem e tudo confundem, até há erros de aritmética! Ora, o capital é cauteloso e prudente. É natural que ele não corra a entregar-se ao sr. Rui Barbosa, que muito divertiu a Europa financeira com os seus milhões e milhões de contos de papel, subscritos em quatro horas, conforme esse financeiro da ditadura se apressou em anunciar pelo telégrafo. Os milhões eram fantásticos, e a particularidade das quatro horas inteiramente imaginária. A verdade é que os milhões do sr. Barbosa não tinham cotação na praça do Rio de Janeiro, e que indivíduos para quem o jantar é cada dia um difícil problema financeiro (até o servente do escritório de advogado do sr. Rui Barbosa!) se apresentaram como subscritores de milhares de ações.

O crédito do Brasil sofre gravemente com estas notícias. O câmbio, baixando, diminui os lucros do comércio estrangeiro, e das empresas industriais e comerciais estabelecidas no Brasil com capital estrangeiro. A cotação dos fundos brasileiros baixou consideravel-

---

29. Minas Gerais e Pernambuco.

mente; e eles já não são aceitos em caução nos bancos europeus, que, sob a garantia deles, não abrem sequer uma conta corrente. A depreciação dos fundos do governo brasileiro em Londres chega certamente a 70.000 mil contos, sete milhões esterlinos perdidos para o capitalista, que assim vê a rápida diminuição do valor de sua propriedade.

A tabela seguinte demonstra a depreciação dos fundos brasileiros:

EMPRÉSTIMOS BRASILEIROS EM LONDRES

DESIGNAÇÃO dos EMPRÉSTIMOS	IMPORTANCIA primitiva £	EXISTENTE £	COTAÇÃO anterior a 15 de novembro (Maxima)	VALOR TOTAL anterior a 15 de novembro (Maxima) £	COTAÇÃO posterior a 15 de novembro (Minima)	VALOR TOTAL posterior a 15 de novembro £	DEPRECIAÇÃO £
1863 4½ %	3.833:000	72:800	102	74.236	90	63:520	8:736
1879 Interno e externo (ouro) 4½ %	Mil reis 51.579:000	Mil reis 33.579:000	102¼	3.821:066[1]	81	3.039:931	761:133
Dito 1883 4½ %	4.599:600	4.248:600	103	4.376:058	78¼	3.324:530	1.051:528
Dito 1888 4½ %	6.297:300	6.263:900	103¼	6.469.541	79	4.930:061	1.519:480
Dito 1889 Interno 4 %[2]	11.230:000	—	—	—	—	—	—
Dito 1889 4 % (Conversão)	20.000:000	20.000:000	90	18.000:000	1¼	14.230:000	3.750:000
Depreciação total e perda para os capitalistas..........							£7.090:879

1. Moeda brazileira reduzida a libras ao cambio de 27. d.
2. Não é cotado em Londres.

Os outros fundos brasileiros, por uma natural dependência do crédito geral do país e da desconfiança que o seu governo inspira, baixaram proporcionalmente. Os fundos brasileiros de toda natureza, cotados na praça de Londres, pelas cotações dos primeiros dias de novembro do ano passado, valiam £90.772:046, e pela cotação mínima a que chegaram depois do estabelecimento da ditadura vieram a valer apenas £75.071:430, isto é, perderam £15.700:616, que representam perto de cento e sessenta mil contos (moeda brasileira) de depreciação, de prejuízo real causado aos capitalistas pelo descrédito que às finanças do Brasil traz a ditadura militar[30].

Cremos não errar atribuindo essa depreciação somente à aversão que a ditadura irresponsável e absoluta inspira a todos os mercados que dispõem de capitais e que desejam empregá-los com segurança e vantagem nos países estrangeiros. Os recursos materiais do Brasil não diminuíram depois de 15 de novembro: o solo fértil não pode ser esterilizado por meio de decretos, por mais errados que estes sejam; o trabalho nacional não ficou paralisado; as sementes germinam; as árvores dão frutos; a chuva cai; tudo quanto é preciso para a produção crescente da riqueza continua a existir, apesar da ditadura; e no entanto dá-se o inegável e desastroso fenômeno da diminuição do crédito brasileiro!

A razão é que o crédito é a confiança – e que ninguém confia no regime do arbitrário.

IV

No momento em que escrevemos estas linhas, lemos um telegrama do Rio de Janeiro, transmitido pela Agência Reuter, dizendo que tropas brasileiras, que receberam ordens de partir para o Sul, recusaram obedecer, e que o Governo Provisório teve de revogar a sua ordem! Este telegrama vai ser decerto desmentido amanhã pelo Governo Provisório: mas não será talvez a primeira ocasião em que alguém minta desmentindo.

Ora, a ditadura, se é lógica, não tem o menor direito de estranhar o procedimento da tropa. O ministro da Guerra, o sr. Benjamin Cons-

---

30. Por falta de espaço deixamos de publicar o quadro geral da depreciação dos fundos brasileiros em Londres que nos comunica o nosso colaborador. Publicá-lo-emos em apêndice ao número de abril. *Nota da Direção.*

tant, não foi, no Brasil, o inventor da teoria de que o exército tem o direito de desobedecer e até o de mudar o governo? E na prática não deu ele ao soldado o exemplo de 15 de novembro? O que era lícito ontem e até louvável há de ser lícito hoje e amanhã. O Governo Provisório exige dos oficiais solenes compromissos e palavras de honra que os prendam à disciplina e à obediência. Mas de que podem valer para o sr. Benjamin Constant todos esses protestos? Não foi ele quem ensinou à mocidade militar o perjúrio como uma virtude, aconselhando-a a violar os seus juramentos? A doutrina tem hoje a autoridade de um mestre; os soldados têm o exemplo dos seus chefes.

O povo brasileiro, esse é que não tem que intervir. Excluído do governo, não tem a responsabilidade de coisa alguma. Ele só tem a missão de pagar as despesas. De tempos a tempos ouve algum sarcasmo que lhe atiram os militares e os jacobinos: é o sr. Aristides Lobo dizendo que o povo é um povo bestificado; é *O Paiz*, jornal do sr. Bocaiúva, dizendo que a 15 de novembro o povo aplaudiu "porque viu que applaudiam, e depois com a sua apathia arrastou-se até á casa de sua residencia, onde a medo commentou o desmoronamento da monarchia, sem comprehender a estupenda evolução da sua patria"[31]; é finalmente o sr. Benjamin Constant, atirando também a sua injúria ao povo. Em um banquete oferecido ao ministro demissionário sr. Demétrio Ribeiro ("homenagem", disse *O Paiz*, "que se traduziu pelo presunto e pelo vinho Champagne, reunião de amigos em que foram improvisados muitos discursos decorados"[32]), o sr. Benjamin Constant tomou a palavra, e depois de afirmar que o exército não quer a ditadura, disse ao povo: "O povo que não seja ingrato nem ambicioso; reconheça o bem que se lhe fez e não procure morder a mão que o amparou!"[33] Fala quase como um czar este ministro da Guerra, o mesmo que foi bastante vaidoso e bastante ignorante das conveniências internacionais para dirigir um telegrama de exortação republicana ao sr. Latino Coelho, telegrama em que, referindo-se ao exército da nação brasileira, o sr. Benjamin Constant dizia: "O *meu exercito*..." Mas disse mais nesse banquete o ministro da Guerra: "Não dependo de ninguem, affirmo-o com todo

---

31. *O Paiz*, de 17 de fevereiro.
32. *O Paiz*, de 14 de fevereiro.
33. *O Paiz*, de 17 de fevereiro.

o orgulho da minha pobreza[34]. Não dependo do governo, não dependo do exercito, não dependo da armada, não dependo do povo, porque nada quero para mim. Abandonarei todas as posições officiaes, todos os proventos que porventura d'ellas possam advir; nada quero da Republica como nada quiz da Monarchia."[35]

Quem lê esta linguagem parece que está diante da mais pura abnegação. Vejamos:

O sr. Benjamin Constant, que, sendo militar, não depende do exército e, sendo brasileiro, se coloca acima dos seus compatriotas, disse nada querer da república. É falso. Quis o lugar de ministro da Guerra com poder absoluto, fazendo parte de um governo ditatorial; quis um ordenado duplo do que tinham os ministros do Imperador; sendo um militar sedentário, havendo apenas feito nos acampamentos do Paraguai uma aparição incruenta que teve a rapidez mas não o brilho do relâmpago, o sr. Benjamin Constant quis logo da república uma promoção; e pensam que foi uma promoção regular para o seu posto imediato? Não; o tenente-coronel Benjamin Constant, o mais pacato dos tenentes-coronéis, foi promovido por alguns oficiais, não a coronel, mas a brigadeiro, por ocasião da cena da aclamação do generalíssimo Deodoro da Fonseca, em que o delírio foi grande bastante para, depois de aclamado um generalíssimo, fazer-se ainda um brigadeiro com o resto do entusiasmo! O sr. Benjamin Constant declarou que não podia recusar. Por quê? O sr. ministro perdeu uma bela ocasião de se mostrar independente – uma bela ocasião de *não* preterir os coronéis do exército, seus colegas e subordinados mais antigos, com serviços de guerra, muitos deles feridos, e tendo nas batalhas agüentado um fogo mais perigoso que o do entusiasmo popular ante o qual sucumbiram a modéstia e a independência do sr. Benjamin Constant. O que sucederia ao sr. ministro se recusasse? Seria assassinado, banido, deportado? Não era provável. A república é o regime da liberdade: e um cidadão, um ministro, e um ministro tão vangloriosamente independente, não pode ser obrigado a sofrer violência desta ordem. E muito menos deve depois esse ministro pecar contra a lógica, estranhando que dois regimentos no Rio Grande do Sul aclamem também brigadeiros os seus coronéis.

---

34. No Brasil, o lance oratório da pobreza é muito vulgar. A pobreza é quase uma virtude, embora, muitas vezes, em um país novo e de recursos, seja ela apenas uma prova de incapacidade e de preguiça.
35. *Gazeta de Notícias*, de 17 de fevereiro.

Disse mais o orador: "Nada quiz da Monarchia!!!..." Da monarquia, e da preferência que o Imperador tinha por todo o homem que entendia ou pretendia entender de ciência, o sr. Benjamin Constant recebeu os mais assinalados favores, rendosas comissões etc. Os numerosos empregos que ele acumulava eram, entre outros, o de professor da Escola Militar, diretor da Escola Normal, diretor do Asilo dos Meninos Cegos, casa em que a monarquia o alojou e onde ele conspirou contra a monarquia, contra o Imperador com quem pedanteava a miúdo, e contra a família imperial que, segundo consta, o encarregara até de parte da instrução dos príncipes.

É forçoso confessar que este ministro tem um singular sistema de nada querer dos regimes políticos que derruba e dos que ajuda a levantar! O que faria o sr. Benjamin Constant se fosse ambicioso? Os antigos militares, ministros da Guerra da monarquia, os Caxias, os Osórios, os Porto Alegre, elevados ao cargo de ministros pela confiança do parlamento, esses eram uns ambiciosos vulgares. Ambicionavam com efeito cumprir com fidelidade os seus juramentos e cobrir-se de glória nos campos de batalha.

*
* *

Tomando a triste tarefa de escrever na *Revista* os fastos da ditadura brasileira, julgamos prestar um serviço à causa da liberdade tão comprometida no Brasil. Esta causa não pode ser indiferente a nenhum pensador; todos que têm pelo Brasil o grande amor que a pátria inspira, todos que nele admiravam o desenvolvimento da sua livre civilização, sofrem naturalmente com o eclipse atual que a liberdade lá sofre.

De resto é forçoso que alguém fale fora do Brasil – visto que no Brasil ninguém pode falar. Embora, depois de dois meses de silêncio, o governo tenha feito anunciar no *Diário Oficial* (23 de fevereiro) que respeitaria a liberdade de imprensa, essa liberdade não pode existir, porque existe a ditadura. Como criticar livremente um poder que se arroga o direito de prender, de deportar, de banir? Como acreditar em um governo que tantas vezes tem mentido à sua palavra? Não pode o governo, nesse regime do arbitrário, nesse regime sem lei, mudar de opinião em 24 horas, como já repetidamente tem feito?

E justamente! Mal nós acabávamos de exprimir esta dúvida, eis que nos anunciam do Brasil pelo telégrafo a publicação de um decreto sujeitando de novo aos tribunais militares quem escrever ou telegrafar notícias e apreciações falsas ou alarmantes a respeito do Governo Provisório. Ora, como o governo e os seus agentes podem considerar falsas ou alarmantes todas as notícias ou apreciações que lhe não convenham, isto equivale a uma supressão formal da liberdade de imprensa. Na França republicana, os jornais monárquicos podem livremente atacar, e atacam, a república. Na monárquica Itália, na monárquica Espanha, no monárquico Portugal, os jornais republicanos podem abertamente combater, e combatem, a monarquia. No Brasil o jornalista que ouse insinuar que o sr. Rui Barbosa não é um grande financeiro ou o sr. Benjamin Constant um grande guerreiro terá espalhado *apreciações falsas* e será metido em uma enxovia, se a ditadura assim o quiser na ocasião. Foi o que já sucedeu (segundo as notícias de hoje) ao capitão de estado-maior, Saturnino Cardoso. O Brasil coloca-se assim mais baixo que a Turquia. Os jornalistas que tinham saído do silêncio, arriscando-se até à *observação*, e depois até à *tímida censura*, recolher-se-ão agora precipitadamente ao silêncio, em que ficarão enclausurados, com sentinela à porta. Não restará ao Brasil uma única voz livre: e a consciência pública, que durante cinqüenta anos se exerceu tão livremente, ficará apavorada e muda sob a coronha de uma espingarda.

*
* *

O militar que se entregou de corpo e alma à pequena minoria jacobina que o incitou à revolta, deverá pesar bem as suas responsabilidades perante a pátria, perante a história e perante a civilização. O momento chegou em que o antigo general Deodoro deve aconselhar em bem da sua terra, e dos homens que são seus irmãos, o generalíssimo-ditador-Deodoro. O seu interesse, assim como a sua glória, está *em acertar*. E que ele considere onde o vai levando essa boêmia jacobina, que rola de desacerto em desacerto!...

Que ele considere – porque dele, só dele, depende a restauração que lhe pedem os patriotas brasileiros, a *restauração da liberdade*, única que poderá salvar a unidade, o crédito, a honra do grande país sul-americano.

25 de março de 1890.
FREDERICO DE S.

V. As finanças e a administração da ditadura brasileira
(Abril de 1890)

O governo dos Estados Unidos manda um simples encarregado de negócios reconhecer oficialmente o governo do sr. Deodoro – Simplicidade daquele diplomata – O *self-government* entendido segundo o sr. Lee – A boa doutrina, a propósito de um teatro – O militarismo interesseiro e utilitário do sr. Deodoro e dos seus companheiros – Nobre desinteresse de alguns militares espanhóis contraposto às práticas dos militares brasileiros – Obliteração do senso moral entre os militares políticos – Uma Constituição pelo amor de Deus – Confusão de princípios e desordem nos planos constitucionais – A Constituição é difícil de sair – Novo decreto contra a imprensa – *Coisas políticas* da *Gazeta de Notícias* – Onde está a coragem? – Prova de que a ditadura não faz caso da opinião – O jornalista mosca do coche político – Cartazes sediciosos – Asneira policial – A liberdade de imprensa: violências – Bom preparo para as eleições – O descrédito do Brasil na Europa – Quadro da depreciação de todos os títulos brasileiros cotados em Londres – O sistema Rui Barbosa julgado pelo bom senso e por Paul Leroy Beaulieu – O sindicato dos amigos do sr. Rui Barbosa – A formação do Banco dos Estados Unidos do Brasil – Negócios... – O dinheiro do Estado – *Manifestação* à boca do cofre feita ao sr. Rui Barbosa – Ainda as violências – A classe militar e os jacobinos – O destino que espera o partido republicano e o exército no Brasil – Só Deus é grande!

I

Há poucas semanas o governo dos Estados Unidos mandou apresentar ao marechal Deodoro o ato do reconhecimento da República Brasileira. O governo americano serviu-se para esse fim de um simples encarregado de negócios, não fazendo com a república caloura a cerimônia de lhe mandar um enviado de maior categoria. Isto, porém, não impediu que o ministro dos Negócios Estrangeiros do Brasil praticasse a *rastacuerada* de ir ele próprio buscar o encarregado de negócios para o levar à presença do "generalíssimo"; coisa usada talvez na Guatemala e na Bolívia, mas não em outras terras republicanas; porque, mesmo em Washington, o secretário de Estado nunca desempenha este papel de "introdutor de embaixadores" ou de mestre-de-cerimônias, ainda quando se trate de enviados extraordinários ou de embaixadores. O encarregado de negócios, o sr. Lee, descendente de uma ilustre família norte-americana, embora uma das últimas defensoras da escravidão, não é decerto um desses americanos que, por incapacidade de ganhar a vida na difícil concorrência dos Estados Unidos, solicitam um cargo diplomático que a politicagem dos amigos lhes obtém a custo. O sr. Lee pronunciou, porém, no seu discurso ao Marechal uma frase monumentalmente cômica.

Os diplomatas norte-americanos, dependentes da política e nomeados por influências eleitorais, não representam a elite intelectual do seu país. São, em grande parte, indivíduos que, pelo seu cargo oficial, querem ir ter na boa sociedade estrangeira uma posição que a sua educação não lhes permite ter na boa sociedade da sua terra. O encarregado de negócios no Rio de Janeiro não pertence seguramente a essa classe; mas a sua frase não destoaria na boca de um diplomata norte-americano do tipo que tanto ridicularizam os espirituosos jornalistas ianques, os romancistas observadores e os divertidos salões de Nova York, onde correm tão boas anedotas sobre os diplomatas improvisados. O que o sr. encarregado de negócios disse foi que "o *Brasil acabava de assumir* o self-government!". O generalíssimo não entendeu com certeza as duas palavras. O marechal Deodoro contentava-se até há pouco tempo em ser valente: e a erudição em palavras estrangeiras deixou-a sempre ao sr. Benjamin Constant, general de tribuna, que tem ganho somente (dizem os seus amigos) as batalhas pacatas da ciência, e cuja estratégia se limita ao problema de ocupar militar e simultaneamente o maior número possível de empregos e de fazer, à frente da sua família, incruentas marchas forçadas e ascendentes através dos altos postos. Mas o que entenderá o sr. encarregado de negócios pelo *self-government*? Nos tempos do sistema parlamentar no Brasil, quando se tratava de uma reforma qualquer, era ela a princípio aventada nas câmaras, nas circulares dos candidatos, na imprensa, nos programas dos partidos, nos discursos do poder Executivo; um parlamento eleito a discutia largamente, depois de o Conselho de Estado a ter examinado com madureza; e o poder Legislativo, nomeado pela nação que representava, transformava a idéia em lei. O país tomava, pois, alguma parte no seu próprio governo, ou pelo menos influía no destino da Nação um avultado número de cidadãos. Isto, porém, na opinião do sr. encarregado de negócios da terra de George Washington, não era para o Brasil o exercício do governo próprio, do *self-government*. Se um general norte-americano, esquecido das grandes lições de civismo que fornece à história da sua pátria e do que lhe ensinaram na Escola Militar de West-Point a respeito da disciplina e do dever militar, destruísse o governo de Washington e se mancomunasse com meia dúzia de advogados e de jornalistas para governar sem restrição alguma o povo norte-americano, julga o sr. encarregado de negócios que os seus compatriotas pensariam continuar a ter o *self-government*?

Um humorista dos Estados Unidos poderia afirmar que este *self-government* atual do Brasil basta para mestiços sul-americanos, a quem os homens do norte se referem sempre com orgulhoso desprezo, como se os povos da parte austral do continente fossem uma raça inferior, incapaz das altas virtudes que a liberdade exige e que só florescem debaixo da bandeira estrelada. Mas o sr. encarregado de negócios, esse, se conhecesse a Constituição da sua pátria e as doutrinas dos grandes homens, seus compatriotas, não diria que o governo absoluto de quatorze milhões de almas por um ditador onipotente é o *self-government*.

O Governo Provisório do Brasil não foi eleito pela nação; ninguém lhe conferiu a missão de legislar; e, todavia, este "simples agente temporário da soberania nacional" tem legislado com frenesi, tem alterado todas as relações sociais, políticas e jurídicas a seu único e belprazer. O czar tem o seu Conselho da Coroa, o padixá dos turcos tem uma espécie de representação dos interesses nacionais junto da sua pessoa. O generalíssimo Deodoro e os seus escrevinhadores de decretos dispensam tudo isso e julgam-se, apesar de se intitularem ainda Governo Provisório, com o direito divino de tudo inovar e inverter na organização do país.

Apenas uma vez descobrimos entre os atos do governo a idéia de que o mesmo governo não pode fazer tudo. Tratava-se de dar uma subvenção a um teatro: e o ministro do Interior declarou "que a natureza transitoria de um Governo Provisorio não lhe permittia occupar-se de assumptos d'essa especie". Bravo! É sempre agradável ver reconhecida a boa doutrina. O Governo Provisório pode dizer: os indivíduos em tais e tais condições são cidadãos brasileiros ou deixam de o ser; só podem ser eleitores e elegíveis os cidadãos tais e tais; a família só ficará constituída legitimamente se o casamento se efetuar segundo as prescrições assinaladas pelo sr. Deodoro; as relações do Estado com a sociedade religiosa serão estas e aquelas; tal pedaço do território brasileiro ficará pertencendo à República Argentina; o Tesouro brasileiro pagará tantos contos mais por ano de pensões vitalícias aos militares e aos amigos; o mesmo Tesouro pagará todas as despesas que ordenarem os ministros sem que estes dêem explicações a pessoa viva; o exército será elevado ao dobro; o regime monetário e a organização bancária serão regulados pelo colega Rui Barbosa; o ensino será dado deste e daquele modo; tais dias do ano serão santificados; o entusiasmo nacional deverá somente irromper com a solfa e os bemóis do hino que o governo tiver aprovado; as câmaras municipais não serão as eleitas pelo povo, mas as nomeadas pelo governo, e (reforma do mais alto alcance) hão de ser intituladas intendências, à espanhola; haverá mais um ministério, o da Instrução Pública e, conjuntamente, dos Correios, assuntos evidentemente conexos, porque isto de livros e de cartas, afinal, tudo é papel; fica decretado e entendido que a história do Brasil começou a 15 de novembro, e que Pedro Álvares Cabral, Pedro I e Pedro II nunca existiram; etc. etc. O "agente temporário da soberania nacional" pôde decretar tudo isto sem que o caráter provisório e não representativo da sua natureza lhe fosse obstáculo. Agora, a subvenção a um teatro, isso é coisa diferente! O assunto é por demais grave, as suas conseqüências de demasiado alcance, para que tão ponderosa questão fique resolvida pelo Governo Provisório! Para este ponto ser decidido convém que a soberania imanente da Nação se manifeste! Não disse o encarregado dos negócios do sr. Blaine que, para fazer essa solene declaração ao sr. Deodoro, se serviu, com justo motivo, de um agente diplomático de quarta classe, que o Brasil está finalmente no gozo do *self-government*?

Pois o Brasil, apesar do singularíssimo *self-government* de que está gozando no momento presente, tem a consciência clara de que o supremo interesse da sua dignidade e da sua civilização está hoje simplesmente em que esse *self-government* absoluto-republicano seja extinto. Há meses, certamente, o ideal de muitos brasileiros era a república. A república era para muitos a *outra coisa, a coisa* diferente do que se tinha. Desejar a república era aspirar simplesmente a uma mudança. A mudança efetuou-se, mas os males antigos cresceram e males novos surgiram. E já hoje de novo se começa a desejar *outra coisa*.

Os militares, ao efetuar o *pronunciamiento* de 15 de novembro, para terem uma justificativa no país, necessitariam dar provas do seu desinteresse. O *pronunciamiento* do marechal Deodoro foi como quase todos os *pronunciamientos* espanhóis, venezuelanos, guatemaltecos, peruanos e nicaragüenses, que a Europa não considera do domínio da História mas sim da opereta. Todos os militares que tomaram parte nesse *pronunciamiento* foram promovidos e o pret dos seus soldados, aumentado. O ato de 15 de novembro não foi, portanto, um ato heróico: foi um bom negócio. Os últimos *pronunciamientos* espanhóis já não se revestiam deste caráter de utilitarismo individual, traço que dominou o *pronunciamiento* brasileiro. Em 3 de janeiro de 1874 o general Pavia, capitão-general de Madri, dissolveu as Cortes Federais. Mas tendo assim atingido a uma situação ditatorial que é o máximo dos sonhos mais caros a todo espanhol, o general Pavia não quis que, por um momento, o seu desinteresse fosse suspeitado, e em telegrama a todas as autoridades espanholas disse: "Em nome da salvação do exercito, da liberdade e da patria occupei o Congresso. Convoquei *os representantes de todos os partidos* que assim entrarão no *governo nacional* de que *eu não farei parte*." E o general persistiu no seu propósito de não assumir o governo[1]. O general Martinez Campos, autor principal do *pronunciamiento* de Sagunto, que derrubou a república de Serrano em 1875, recusou o título de tenente-general que lhe queria conferir o novo governo. E em uma carta das mais dignas, dirigida ao ministro da Guerra, diz: "O governo não deixa subsistir a menor duvida de que esta recompensa me é conferida por serviços antigos e *não é uma consequencia* do acto que tive a felicidade de executar. Nós, os iniciadores d'esse acto, tinhamos porém o compromisso de não aceitar nenhuma recompensa pela nossa acção, recompensa que tornaria essa acção parecida com os mais *pronunciamientos que têm empobrecido e arruinado a nossa patria*. Tenho a honra de supplicar a Vossa Excellencia que se digne admitir a minha recusa do posto que se me quer conferir."[2]

---

1. HOUGHTON, *Les origines de la Restauration des Bourbons en Espagne*, p. 111.
2. *Op. cit.*, p. 393.

Na Espanha fechava-se então, em boa hora, para o bem daquela infeliz nação, a dolorosa era das revoltas militares, desgraça de um generoso país que só o militarismo político tem conservado excluído do número das grandes potências européias. A dura lição da experiência e o patriotismo esclarecido dos homens de Estado espanhóis educaram e elevaram o espírito nacional; e ainda, há poucos dias, vimos como a legalidade triunfou, vencendo uma tentativa parlamentar de *pronunciamiento* político feita pelo general Daban, que se enganou julgando a sua pátria menos civilizada, e pensando ser ela ainda a terra clássica do general derrubador de governos.

O militarismo político está, porém, no Brasil em toda a crueza do seu primitivo tipo. O militarismo espanhol tem ainda a consciência confusa, porém verdadeira, da reprovação universal que atrai sobre si: o militarismo político do Brasil, esse, gloria-se de fatos que os militares espanhóis procuram disfarçar pela ostentação do desinteresse. O militarismo do Rio de Janeiro faz um *pronunciamiento*; e os seus chefes e instrumentos recompensam-se logo a si mesmos, assumindo o poder absoluto, decretando promoções e pensões a si mesmos, subindo todos de postos pelos meios mais irregulares. E esse militarismo acha apologistas civis. Os atos de indisciplina, o desrespeito da soberania nacional não provocam uma palavra de censura, um protesto de indignação!

Os homens públicos do Brasil aprendiam outrora nas instituições parlamentares inglesas e no regime livre dos Estados Unidos. Hoje, os ditadores brasileiros estudam na anarquia da Colômbia, nos anais revolucionários da Venezuela, nas crônicas lamentáveis dos maus tempos da Espanha. Bem diz Houghton, e com perfeita aplicação ao Brasil:

> Quando se ouve os militares e os homens politicos hespanhoes fallarem com desenvoltura de actos que parecem inauditos e inqualificaveis n'outros paizes civilisados, é licito acreditar talvez que a consciencia humana soffre eclipses e alterações devidas ao clima, ao meio, á raça, á hereditariedade, ao passado, ás tradições, aos precedentes; e que são esses eclipses que, em pleno seculo XIX, ainda dão em resultado o criterio politico e militar da nação hespanhola![3]

---

3. *Op. cit.*, p. 105.

II

Os militares a quem o elemento civil republicano pode com verdade chamar

... sócios meus e meus tiranos

não quererão entrar no exame do que eles chamarão talvez "uma sutileza própria de paisanos rábulas, isto é, a questão de saber se haverá ou se não haverá no Brasil uma Assembléia Constituinte.

Esta é no entanto a questão que discutem os últimos jornais do Brasil.

Os sistemas para fazer adotar uma Constituição são numerosos: querem uns que o Governo Provisório decrete desde já uma Constituição qualquer, que a Constituinte terá o direito de emendar, cortando, alterando e acrescentando; outros pensam que é preciso deixar alguma coisa mais a fazer à Constituinte, e que uma corporação desse nome não terá razão de ser se não constituir alguma coisa, ao menos uma Constituição. Há, além desses, os que desejam que o governo adote um projeto qualquer, e que o sujeite a um plebiscito, devendo os eleitores declarar se aceitam ou se recusam o projeto ao mesmo tempo que elegerem os deputados de uma câmara sem nome que poderá ser ou não será uma Constituinte. Se o plebiscito for favorável ao projeto constitucional, os eleitos do povo se reunirão em legislatura ordinária; se o plebiscito for contrário ao projeto, os eleitos do povo formarão uma Assembléia Constituinte que discutirá, e, se puder, votará uma Constituição. Como tudo isto é simples e claro!

Não sabe, pois, ainda o povo brasileiro como nem quando há de ser feita a lei que lhe vai regular a vida. O povo brasileiro só tem uma certeza: a de estar vivendo sob o domínio de militares que não ouviram o povo para mudar o governo do país, e de jacobinos que insultam o povo *bestificado* (como diz o ex-ministro Aristides Lobo) ou que francamente declaram que o povo não é capaz de eleger uma Constituinte decente, nem essa assembléia será capaz de cumprir a sua missão!

O radicalismo brasileiro, durante mais de sessenta anos, acusou o primeiro imperador de não ter tido a paciência de esperar pela Constituição, que discutia em 1823 a Constituinte brasileira. Os republicanos dos últimos tempos tinham a afetação de chamar a Constituição brasileira de Carta Constitucional, e viam nessa lei fundamental, que foi admiravelmente redigida pelos homens mais ilustres do tempo e que o Brasil inteiro aclamou, não o resultado do consentimento nacional, mas a expressão da vontade individual do príncipe. O Governo Provisório, esse, verdade seja, não tem impaciência alguma de ver bem depressa os direitos dos cidadãos salvaguardados por uma Constituição. Uma Constituição será para o Governo Provisório o fim do seu absoluto domínio; e o Governo Provisório não tem pressa de morrer porque a vida tem para ele encantos e vantagens. Por isso afasta do seu espírito até o pensamento da data fatal em que, votada uma Constituição, os homens do absolutismo republicano terão de ceder o lugar à vontade nacional. A Constituição de 1824 foi a expressão da vontade do Príncipe; a Constituição de 1890, que vontade exprimirá? Nada é possível prever, ao cabo de seis meses de onipotência ditatorial. Nem se pode mesmo saber se essa Constituição sairá de uma Assembléia – ou se sairá da vontade absoluta do governo, homologada às pressas por um plebiscito feito sob o regime da ditadura.

O governo ditatorial alugou uma casa em Petrópolis onde instalou cinco cidadãos, dando-lhes o encargo de, ao abrigo do calor e na frescura da pitoresca cidade, redigirem um projeto de Constituição. No fim de alguns meses a Comissão dos cinco tinha feito mais do que o seu dever; porque, tendo obrigação de apresentar um projeto, apresentou três, que não são modelos extraordinários de clareza, e que não terão muito prestígio desde que a crítica descobriu em mais de um artigo graves atentados contra a gramática. Isto, porém, é um pequeno lado de um grande assunto. O certo é que, se a Constituição não for feita, não será por falta de projetos. E é possível que o Governo Provisório adote qualquer dos três projetos, ou que, amalgamando os três, faça de todos um quarto projeto para o sujeitar, como dizem os jornais oficiosos, primeiro à discussão da imprensa e depois ao plebiscito nacional.

O que serão, porém, nesse caso o plebiscito e a discussão da imprensa, se essa discussão e o conseqüente esclarecimento da opinião são quase impossíveis pelo amordaçamento da imprensa?

Esta contradição causa espanto a todos que não conhecem a incongruência característica das ditaduras militares sul-americanas. O grande órgão republicano francês *Le Temps*, de 26 de abril, diz, ao terminar um artigo em que examina a teoria do plebiscito constituinte preparado pela discussão na imprensa e o qualifica de *haute fantaisie politique*: "Não parece realmente extravagante que essa especie de omnipotencia constituinte conferida á imprensa possa conciliar-se, no espirito do Governo Provisorio, com as restrições que este impõe, por decreto, á mesma imprensa?"

Em 29 de março o Governo Provisório, que cada vez se sente mais querido do povo, mais forte e mais aclamado, julgou indispensável para a sua segurança tomar de novo providências contra a imprensa. O *Diário Oficial* de 23 de fevereiro declarara, em nome do governo, estar a imprensa livre e desembaraçada de toda a restrição à sua liberdade. Ficou assim revogada a interpretação Bocaiúva do decreto de 23 de dezembro cujas penas, segundo aquele antigo jornalista e homem de Estado ainda fresco, deviam ser aplicadas aos seus colegas culpados do crime de oposição ao governo. Ao cabo de trinta e seis dias, o governo mudou de opinião pela segunda vez e lavrou novo decreto contra a imprensa. Não nos causou surpresa esse decreto vazado nos moldes usados na Venezuela e no Haiti. A ditadura republicano-militar tem as suas praxes e os seus estilos, em toda a parte idênticos.

A propósito deste decreto, um jornalista ilustre do Brasil que, na esperança de ver melhores tempos e com o temor de exacerbar os senhores do dia, tem revelado uma patriótica resignação à ditadura, atacou o escritor que na *Revista de Portugal* defende a liberdade brasileira. O jornalista a quem nos referimos não escreve a favor da liberdade da imprensa: junta argumentos a favor da liberdade e do direito que o governo tem de se defender, mesmo quando essa defesa tiver de consistir em um ataque à liberdade de pensamento e aos direitos dos cidadãos. No desenvolvimento desta idéia o jornalista diz que – "mascarados, atacamos o Governo Provisório a algumas mil leguas de distancia!".

Não julgamos com efeito praticar um heroísmo escrevendo em favor da civilização brasileira. Exercemos um direito, o mesmo direito que Hipólito da Costa, nos tempos do despotismo colonial, exerceu durante longos anos escrevendo de Londres o seu admirável *Correio Braziliense*. Sabemos, porém, que o adjetivo *heróico*, e outros tão usados em certa imprensa, não são para os escritores oposicionistas. Só é *heróico* quem está no poder; para ter o título de heróico é preciso dispor de alguns empregos ou empresas para distribuir. Não é, pois, heróico atacar de longe a ditadura. Agora, elogiar, incensar de perto sob o braço que pode punir, ao alcance da mão que pode recompensar, isso sim que é virtude, honra, glória, coragem e patriotismo!

O jornalista, que tão corajoso se mostra e tão irritado está contra nós, coloca-nos entre os que "visam ao fructo sem querer ter o trabalho de regar a terra com o seu esforço", entre os que passeando pela Europa "julgam ter mais bom senso e mais illustração" do que os que estão no Brasil "a trabalhar dia por dia, hora por hora, na obra de constituição da patria"[4]. O jornalista é injusto. Não visamos a fruto algum, nem mesmo, como Guilherme Tell, a uma maçã; quem visa a frutos, para si ou para os seus, não ofende o poder que dispõe dos preciosos frutos. O jornalista é ingênuo se julga ser dos tais que estavam trabalhando na constituição da sua pátria. O jornalista não está constituindo coisa alguma. A ditadura faz o que bem lhe apraz, não ouve os seus conselhos nem precisa da sua colaboração. A ditadura delibera consigo, resolve, decreta, executa: o jornalista que não deliberou, não resolveu, não decretou, não executou coisa alguma, limita-se a aprovar: e depois, de muito boa fé, vem dar-se ares de estar a constituir a pátria!

Assim, em 16 de setembro do ano passado, o jornalista escrevia contra a Federação e dizia: "O ultimo ponto a que a monarchia póde chegar, é a descentralisação administrativa; mas a centralisação politica é-lhe indispensavel, como *será á republica* emquanto estiver por fazer a educação do povo. Se o poder central não fizer sentir a sua influencia em toda a vasta extensão d'este paiz, se abandonar inteiramente á inspiração dos influentes locaes a orientação politica, chegaremos á impossibilidade de organisar um governo que dure seis mezes."[5] Dois meses depois, dia por dia, um general e mais sete cidadãos declaravam Federação republicana o governo do Brasil. O que fez o jornalista? Protestou? Não; aprovou. Será isto colaborar na constituição da pátria? O jornalista exerce real influência em outro tempo, quando a discussão era livre e a sua opinião pesava nas re-

---
4. *Gazeta de Notícias*, de 31 de março.
5. *Gazeta de Notícias*, de 16 de setembro de 1889. Artigo "Coisas políticas".

soluções do governo. A ditadura, porém, faz o que quer; quis a Federação de que o jornalista é adversário, e o jornalista teve de aplaudir. Nem discutiu. Talvez este seu silêncio tenha como motivo a sua opinião sobre o povo brasileiro, opinião que destacamos ainda do notável artigo de 16 de setembro: "Nós somos um povo de ignorantes e indifferentes; de que vale fallar a tal gente de reformas que não entendem, ou que ella pensa que não entendem directamente com o seu bem-estar, com a sua fortuna, com o seu socego, com a sua vida?"

O jornalista escreveu muitos artigos para mostrar que o ministro da Fazenda da ditadura estava arruinando o crédito e as finanças; O *Diário de Notícias*, jornal do ministro, agitou logo o espantalho do decreto de 23 de dezembro contra a imprensa. Sabe, porém, todo o mundo que interveio o Marechal Deodoro e que declarou ao seu ministro da fazenda que se tratava de uma delicada questão de dinheiro de que ele, ditador, não entendia, e que era sua vontade, para se esclarecer, deixar à imprensa a liberdade de criticar as medidas financeiras. O jornalista usou dessa permissão, que lhe recordou decerto os bons tempos da liberdade antiga. Conseguiu, porém, fazer diminuir de algum modo a ilimitada confiança que o chefe da ditadura diz depositar no gestor dos dinheiros nacionais? Não. O jornalista há de no seu íntimo reconhecer que não influi em coisa alguma. O jornalista disse, tratando do regime do conde de Lippe aplicado à imprensa pelo decreto de 23 de dezembro: "Pela nossa parte nunca nos sentimos coactos."[6] Vigorava então o artigo de fundo do *Diário Oficial*, de 23 de fevereiro, declarando que a liberdade de imprensa existia em toda a sua plenitude, e o decreto de 29 de março parecia ao jornalista "um desnecessario acto de paciencia do governo!"

Dias depois foi preso o sr. Pedro Tavares[7], redator da *República*, de Campos, e trazido ao Rio de Janeiro. O jornalista, vendo que a ditadura passava das palavras aos atos, achou a coisa grave, e em novo artigo vem dizer que o decreto fora um erro, e que o decreto velho de 23 de dezembro tinha dado em resultado que "questões importantes deixassem de ter durante algum tempo a ampla discussão que requeriam"[8]. Não insistamos. Deve ser realmente penosa sob o regime da ditadura a vida de um escritor público liberal, digno,

6. *Gazeta*, de 31 de março.
7. Jornais do Rio de Janeiro, de 2 de abril.
8. *Gazeta*, de 7 de abril.

esclarecido e civilizado (e estes predicados são os do jornalista a quem nos referimos). Mas ele, se tem de ouvir os conselhos do patriotismo, de zelar a liberdade, de seguir a justiça, é dominado também pelo bom senso, que lhe murmura a todo o instante: "Prudência! Prudência! Muita prudência!" É difícil a situação de quem vive sob o império do arbitrário.

*
* *

Em 26 de março apareceram, pregados nos muros do Rio de Janeiro, uns cartazes impressos atacando a ditadura. Só um jornal da capital transcreveu o texto desses pasquins. As outras folhas falaram deles como de um sacrilégio, de um desses crimes misteriosos e inauditos que é perigoso até mencionar. Os cartazes eram, porém, muito republicanos: e a linguagem era a mesma dos oradores ambulantes do republicanismo nos tempos da monarquia, quando a eloqüência de botequim e os editoriais das folhas da república, que se estava preparando nos quartéis, usavam da liberdade que hoje perderam. Diziam os cartazes:

> Cidadãos:
>
> A patria está em perigo!...
> O governo vendeu-nos traiçoeiramente á Republica Argentina!...
> A perspectiva da nação é aterradora!...
> Os ministros esbanjam escandalosamente os cofres publicos e o filhotismo impera desassombrado!...
> Povo! ergue-te intrepido em face de taes acontecimentos e levanta o estandarte do patriotismo!
> Vivam os revolucionarios de 89!
> Abaixo a Dictadura!
>
> *Danton*

O Governo Provisório reconheceu o estilo de que usavam os seus membros quando eram simples jornalistas. A polícia abriu uma devassa, efetuou várias prisões; e o delegado, numa curiosa linguagem, declarou que o fato "não encerrava nenhum perigo para a política, parecendo-lhe antes *producto de um acto explosivo e irreflectivo*"[9].

---

9. *Jornal do Comércio,* de 2 de abril.

O que entenderá a polícia da ditadura por um ato explosivo que produz cartazes nas paredes?[10]

O que o ato explosivo ajudou a produzir foi o decreto de 29 de março sobre a não-liberdade de imprensa, da pobre imprensa que o governo ora solta, ora prende, e intimida sempre.

Dias antes do decreto de 29 de março um grande jornal, *O Estado de S. Paulo*, do dia 26, estudava a questão da liberdade de imprensa. Esse jornal, que sempre foi republicano, encarava com esta tristeza e este desânimo a situação:

> Temos ou não temos liberdade de imprensa?
> Eis o problema que actualmente se impõe, de bom ou mau grado, a todos os espiritos.
> O simples facto do apparecimento de tal questão, de pôr-se em duvida a existencia da liberdade de pensamento sob o regimen democratico, em uma republica americana, é, só por si, motivo bastante para tristes apprehensões e sérios desgostos.
> Ora, essas duvidas têm fundamento. A promulgação do famoso decreto-rolha, de 23 de dezembro de 1889, que produziu o desapparecimento da *Tribuna Liberal* e o retrahimento, prudente ou medroso, da quasi totalidade dos jornaes; a intimação de silencio ou de commedimento ao velho jornalista C. von Koseritz; a suppressão por ameaças da parte dos governadores, da *Gazeta da Tarde*, no Rio Grande do Sul, e do *Globo*, no Maranhão; a prisão do capitão Saturnino, redactor da *Democracia*[11], e o constrangimento corporal, a que tambem esteve sujeito, segundo constou, com ou sem verdade, o capitão Jayme Benevolo, em consequencia do artigo que escreveu contra o ministro do interior a proposito de negocios da intendencia municipal: esses factos,

---

10. Apesar desta declaração da polícia, um dos indigitados autores dos cartazes foi condenado a um ano de prisão com trabalho, sendo dois outros condenados a penas menores. Pela primeira vez no Brasil, depois de 1825, funcionou um tribunal militar para julgar um civil.
11. Com a *Democracia* o Governo Provisório teve de recuar porque tratava-se de oficiais do exército. Segundo conta o editorial da *Gazeta de Notícias*, de 7 de abril, no dia seguinte à prisão do redator da *Democracia*, este jornal "inseriu um artigo assignado por outro official do exercito, cujo tom não era menos livre que o dos artigos mencionados, e constou que diversos outros officiaes se tinham inscripto para continuar no exercicio d'aquilo que elles consideram um direito, e que o governo parecia considerar um delicto".
   Um advogado que tomou a defesa do capitão Saturnino Cardoso, que foi solto em vista da atitude dos militares seus colegas, lembrou que em 1887, quando o sr. Deodoro começou a escola do *pronunciamiento*, queria o mesmo sr. Deodoro que o militar tivesse toda a liberdade de escrever. Oficiais redigindo jornais políticos e ocupando-se de política é coisa que se não vê em nenhum país civilizado.

mesmo aceitando-se as explicações official ou officiosamente dadas pelo governo, quando não representem violações do sagrado principio da liberdade de imprensa, provam, pelo menos, *que ella tem hoje, na republica, garantias menos seguras e menos efficazes do que as que lhe dava a monarchia.*

A estes fatos, que o órgão republicano de São Paulo aponta, muitos outros podem ser acrescentados.

Em Pernambuco a polícia fez rasgar todos os números do *Tribuno*[12], e suprimiu pelo mesmo modo violento os números da *Lanceta*[13]. Em Alagoas o governador mandou intimar o proprietário do *Orbe* para assinar um escrito responsabilizando-se por tudo quanto daí por diante imprimisse no jornal, sob pena de supressão[14]; e no dia seguinte o delegado de polícia, com força armada, invadiu a oficina do *Orbe* e destruiu a tipografia[15]. O sr. Fernando Mendes, redator do *Diário do Comércio* do Rio de Janeiro, foi chamado à polícia para se explicar e principalmente para lhe ser explicado que o governo não tolera oposições[16]. Igual intimação recebeu um dos redatores do *Correio do Povo*. De vários pontos do país chegam notícias do estado de coação em que a ditadura põe a imprensa[17].

Eis o estado atual da questão da liberdade de imprensa no Brasil. O velho democrata sr. Christiano Ottoni, insuspeito à ditadura a quem ofereceu os seus serviços[18], publicou uma brochura em que diz, referindo-se ao decreto de 23 de dezembro, agora fortalecido pelo de 29 de março: "Aquelle decreto restringiu a liberdade da imprensa e tornou impossivel toda a discussão politica. A censura a um acto do governo, a duvida sobre as intenções d'um seu agente, a defeza d'um official ou soldado, que ao escriptor pareça ter soffrido injustiça, quem garante que qualquer d'estes actos não será reputado provo-

---

12. *Província*, de Pernambuco, de 13 de dezembro de 1889. O redator do *Tribuno*, protestando, diz: "Em pleno dominio da Republica e em plena praça publica, a policia ataca cobardemente a liberdade da imprensa. Estou satisfeito. Já vi a obra da Republica na minha terra."
13. *Província*, de 12 de dezembro.
14. *Gazeta de Notícias*, de 28 de março.
15. *Diário do Povo*, de Maceió, de 8 de março.
16. Ver editorial da *Gazeta de Notícias*, de 7 de abril.
17. De Aracaju (Sergipe) escrevem ao *Pequeno Jornal*, da Bahia, de 18 de março: "A imprensa não póde balbuciar uma palavra e só é permittido elogiar o governador; quando não, ahi estão os tenentes Avila Franco e Ivo do Prado para apontar o caminho de Fernando de Noronha áquelles que querem fallar um pouco mais alto."
18. *O Advento da República*, Rio de Janeiro, 1890, 8º. Ver p. 136.

cação á indisciplina ou á revolta? *Que valor moral terá o pronunciamento das urnas realisado sob as ameaças d'aquelle decreto?* A primeira e a mais efficaz garantia da liberdade das urnas é a liberdade da imprensa, e a imprensa está amordaçada."[19]

III

A ditadura militar e republicana importa para o Brasil a desmoralização no interior e o descrédito no estrangeiro. Os fatos apresentados demonstram esta verdade lamentável. A imprensa dos Estados Unidos e a imprensa francesa, exprimindo os sentimentos e as idéias de democracia próprias às duas repúblicas, têm julgado com a maior severidade a ditadura e o militarismo revolucionário no Brasil. Uma revolução do povo pode ser uma coisa nobre e grande; uma revolução exclusivamente militar é, para os países civilizados e livres, uma monstruosidade.

Mais alto, porém, do que a imprensa, fala a opinião insuspeita dos capitalistas. A desconfiança do capital, o retraimento do crédito são as provas mais evidentes da má reputação do militarismo revolucionário. Há um mês, publicamos um quadro da depreciação sofrida pelos títulos da dívida externa do Brasil depois da inauguração do

---

19. Exemplos da liberdade de que goza a imprensa no Brasil acham-se nos editoriais do *Jornal do Comércio*, de 18 de janeiro e 18 de fevereiro.

O primeiro, aludindo à Questão das Missões, disse: "limitamo-nos a expôr os factos, não só porque... mas porque não temos analysado nem discutido desde certa data nenhum acto do governo; lamentando devéras, silenciosamente, não podermos applaudir algumas resoluções merecedoras de applauso". Em 18 de fevereiro: "... da serenidade com que a situação creada a 15 de novembro vai correndo, esperamos poder tirar a conclusão de que não tardará o dia em que seja revogado o decreto de 23 de dezembro".

"A certos artigos foi dada ultimamente interpretação tão lata, que a mais timida observação, a mais innocente phrase, segundo o capricho do momento, podia ser considerada provocadora de sedição."

Eis a lista dos jornais suprimidos por intimidação, por ordem expressa, pela violência, ou cujos redatores foram presos ou chamados à polícia e advertidos:

Tribuna Liberal, em 24 de dezembro o ministro dos Negócios Estrangeiros declarou ao seu redator que este, fazendo oposição ao governo, sujeitava-se às penas de insurreição militar; *Folha da Tarde*, de Porto Alegre, suprimida; *Globo*, do Maranhão, suprimido; *Tribuno*, de Pernambuco, e *Lanceta*, do mesmo Estado, exemplares confiscados; *Orbe*, de Maceió, por ordem do governador destruída a tipografia; *Século*, de Macaé, destruída por soldados armados na noite de 3 de dezembro; *República*, de Campos, redator preso; *Democracia*, do Rio de Janeiro, redator preso; *Reforma*, de Porto Alegre, redator chamado à polícia e advertido; *Koserilz Blatte*, de Porto Alegre, idem; *Diário do Comércio*, do Rio de Janeiro, idem; *Correio do Povo*, do Rio de Janeiro, idem. E muitos outros.

absolutismo militar, espécie de miguelismo sem padres e sem Dom Miguel. Hoje completamos essa informação restrita, apresentando um quadro geral da depreciação, em Londres, dos fundos brasileiros de toda a espécie cotados naquela praça. Por esse quadro, feito segundo as publicações oficiais do Stock-Exchange, vê-se que antes de 15 de novembro todos os títulos brasileiros cotados em Londres tinham o valor de £ 90.883.916, e que depois do estabelecimento do absolutismo este valor baixou a £ 75.069.620, ou seja, uma depreciação total de £ 15.814.296. Isto quer dizer que o rebaixamento do crédito brasileiro importou para os portadores dos títulos brasileiros uma perda de *cento e cinqüenta e oito mil contos* de moeda brasileira, e uma destruição de valor correspondente a $17\frac{2}{5}$ % do valor anterior.

Pelo quadro que ora publicamos, vê-se que depois de 15 de novembro todos os títulos brasileiros ficaram depreciados. Não foram só os títulos do governo; foram as ações e as obrigações dos caminhos de ferro, dos bancos, dos telégrafos, das companhias de água, de gás, de todas as empresas brasileiras sem exceção de uma só. E por quê? É que o capitalista inglês, que é insuspeito porque não tem interesses políticos no Brasil, e se guia somente pela verdade material dos fatos, sabe que a propriedade diminui fatalmente de valor com a supressão do regime legal. O valor da propriedade e da moeda é a mais exata medida da confiança que um governo inspira. Ora, a propriedade estrangeira no Brasil diminuiu $17\frac{2}{5}$ % do seu valor e o câmbio brasileiro que estava a mais de 27, isto é, acima do par, caiu a $20\frac{1}{4}$, o que corresponde a uma perda de mais de 25%! Cada mil-réis brasileiro vale hoje só setecentos e cinqüenta réis. Os capitalistas ingleses não ignoram as circunstâncias do Brasil; os homens influentes do mercado perfeitamente sabem como vão aí as coisas financeiras. Os capitalistas de Londres não são conspiradores contra a República Brasileira; cidadãos de um país livre, o absolutismo republicano ou monárquico lhes é talvez repugnante, mas sobretudo têm experiência e memória; e na sua bolsa há lembranças dos prejuízos que invariavelmente têm dado aos seus credores *todos* os militarismos políticos da América espanhola.

Eis o quadro demonstrativo da diminuição de valor em Londres dos fundos do Brasil desde que o regime constitucional representativo foi substituído pelo absolutismo republicano:

Quadro da depreciação dos fundos brasileiros públicos e particulares em Londres depois do início da ditadura

Designação dos Emprestimos e das Emprezas	Capitaes e Dividas Existentes	Cotação anterior a 15 de novembro (maxima)	Valor Total anterior a 15 de novembro £	Cotação posterior a 15 de novembro (minima)	Valor Total posterior a 15 de novembro £	Depreciação £
Brazil 1863 4½0/0	£ 72.800..	102	74.256	90	65.520	8.736
Brazil 1879 4½0/0 Interno e externo (ouro)	MR 33.579.500..	102¼	(*) 3.821.066	81	3.059.931	761.135
Brazil 1883 4½0/0	£ 4.248.600..	103	4.376.058	78¼	3.324.530	1.051.528
Brazil 1888 4½0/0	£ 6.265.900..	103¼	6.469.541	79	4.950.061	1.519.480
Brazil 1889 int. 4 0/0	£ 11.250.000..	cotado só no Brazil				
Brazil 1889 4 0/0 (conversão)	£ 20.000.000..	90	18.000.000	71¼	14.250.000	3.750.000
Alagoas Railway	£ 300.000. Acções de £ 20.	18¾	281.250	13	195.000	86.250
	£ 197.500. Debentures £ 100.	109½	216.262	98	193.550	22.712
	£ 127.300. Acções de £ 20.	sem cotação				
Bahia e São Francisco	£ 1.800.000 Acções de £ 20.	25	2.250.000	14	1.260.000	990.000
Ramal do Timbó	£ 270.000. Acções de £ 20.	15⅞	214.312	10¾	145.125	69.187
	£ 225.000. Acções de £ 20.	13	146.250	8	90.000	56.250
	£ 125.000. Acções de £ 20.	sem cotação				
Brazil Great Southern Co.	£ 59.500. Debentures de £ 100.	113¾	6.768.125	106½	6.336.750	431.375
	£ 125.500. Debentures de £ 100.	114½	14.369.750	106½	13.365.750	1.004.000
	£ 242.000. Debentures de £ 100.	108½	262.570	96	232.320	30.250
Imperial Bahia Co.	£ 580.612. Acções de £ 20.	108	627.060	78	452.877	174.183
	£ 374.048. Acções	emitidas no Brazil				
	£ 437.420. Debentures.	121	529.278	95	415.549	113.729
	£ 80.000. Debentures.	107½	86.000	88	70.400	15.600
Imperial Brazilian Natal e Nova Cruz Co.	£ 250.000. Acções de £ 20.	10¾	134.375	7½	93.750	40.625
	£ 146.700. Acções de £ 20.					
	£ 302.900. Debentures de £ 100.	102	308.953	83	251.407	57.551
Transporte.			58.935.111		48.752.520	10.182.591

(*) Moeda brasileira MR (mil reis) reduzida a libras esterlinas.

Designação dos Emprestimos e das Emprezas	Capitaes e Dividas Existentes	Cotação anterior a 15 de novembro (maxima)	Valor Total anterior a 15 de novembro £	Cotação posterior a 15 de novembro (minima)	Valor Total posterior a 15 de novembro £	Depreciação £
	Transporte		58.935.111		48.752.520	10.128.591
Campos e Carangola Co.	M 6.000.000. Acções £ 336.400. Debentures de £ 100.	107½	361.638	98	329.672	31.958
Conde d'Eu Co.	£ 425.000. Acções de £ 20. £ 294.900. Debentures de £ 100.	15⅞ 105	326.895 309.645	10 93	212.500 274.257	114.395 35.388
Espirito Santo e Caravellas Navigation e Ry Co.	M 2.000.000. Acções £ 2.000.000. Debentures de £ 100.					
Donna Thereza Christina Co.	£ 308.940. Acções de £ 20. £ 100.000. Acções de £ 20. £ 291.600. Debenture de £ 100. £ 20.000.. £ 10.000..	7⅛ 90	110.060 262.440	3½ 72½	54.064 211.410	55.990 51.030
Great Western of Brazil Co.	£ 300.000. Acções de £ 20. £ 306.250. Debenture £ 165.000..	21⅞ 126½ 116⅞	328.125 387.406 192.844	16 104 100	240.000 318.500 165.000	88.125 68.906 27.814
Leopoldina Co.	£ 4.095.000. Acções de £ 20. £ 1.530.000. Acções £ 466.800. Debentures de £ 50. £ 1.978.900. Debentures £ 100.	56 106	522.816 2.097.634	50 93	466.800 1.840.377	56.016 257.257
Macahe e Campos Co.	M 12.000.000. Acções £ 792.000. Debentures de £ 100.	105½	835.560	93	736.560	99.000
Cantagallo branch	£ 500.000. Debentures de £ 100.	100⅛	500.625	95	475.000	25.625
Minas e Rio Co.	£ 1.000.000. Acções de £ 20. £ 671.400. Debentures de £ 100.	27¼ 113½	1.362.500 762.039	20 100	1.000.000 671.000	362.500 91.039
Minas Central Co.	£ 150.220. Acções. £ 30.000. Acções. £ 15.720. Debentures.					
	Transporte.		67.295.330		55.747.660	11.547.670

Designação dos Emprestimos e das Empresas	Capitaes e Dividas Existentes	Cotação anterior a 15 de novembro (maxima)	Valor Total anterior a 15 de novembro £	Cotação posterior a 15 de novembro (minima)	Valor Total posterior a 15 de novembro £	Depreciação £
	Transporte		67.295.330		55.747.660	11.547.670
Porto Alegre e New Bamburg Co.	£ 88.300. Acções					
	£ 154.000. Debentures de £ 20	$9\frac{1}{2}$	73.150	$7\frac{1}{2}$	57.750	15.400
	£ 173.409	103	178.705	89	154.415	24.200
Recife e San Francisco (Pernambuco) Co.	£ 1.200.000	$108\frac{1}{2}$	1.300.000	84	1.008.000	292.000
Rio Claro San Paulo Co.	£ 450.000. Acções de £ 10	$13\frac{5}{8}$	613.000	$10\frac{7}{8}$	489.375	123.625
	£ 600.000. Debentures	103	618.000	100	600.000	18.000
Rio de Janeiro e Northern Co.	£ 137.500. Acções de £ 20					
	£ 112.750. Acções de £ 20					
	£ 250.000. Debentures de £ 100	$109\frac{3}{4}$	274.375	$95\frac{1}{2}$	238.750	35.625
Grão Para	£ 1.200.000. Debentures	$100\frac{3}{4}$	1.209.000	83	996.000	213.000
San Paulo e Rio de Janeiro Co.	£ 600.000. Acções de £ 20					
	£ 461.100. Debentures de £ 100	112	516.432	100	461.100	55.332
	£ 142.600. Debentures de £ 100	$110\frac{1}{4}$	157.216	$106\frac{1}{2}$	151.869	5.347
San Paulo Co.	£ 2.000.000. Acções de £ 20	$50\frac{1}{2}$	5.050.000	40	4.000.000	1.050.000
	£ 750.000. Debentures.	138	1.035.000	127	952.500	82.500
Sorocabana Co.	M 5.846.380. Acções					
	£ 191.250. Debentures de £ 50					
Southern Brazilian Rio Grande de Sul Co.	£ 600.000. Acções de £ 20	$20\frac{3}{4}$	622.500	$11\frac{3}{4}$	352.500	270.000
	£ 947.807. Debenture	$122\frac{1}{4}$	1.158.685	98	928.844	229.841
Western of San Paulo Co.	M 16.753.230. Acções					
	£ 126.500. Debentures de £ 100	$112\frac{1}{2}$	142.312	$108\frac{1}{4}$	136.936	5.376
Mogyana Co.	M 9.140.000. Acções					
	M 1.400.000. Acções					
	£ 460.700. Debentures de £ 100	$106\frac{3}{4}$	491.797	99	456.093	35.704
London and Brazilian Bank	£ 625.000. Acções de £ 20	$22\frac{1}{4}$	695.312	17	531.250	164.062
English Bank of Rio de Janeiro	£ 500.000. Acções de £ 20	16	400.000	$12\frac{3}{4}$	318.750	81.250
	Transporte.		81.830.814		67.581.792	14.249.022

88 *Fastos da ditadura militar no Brasil*

Designação dos Emprestimos e das Emprezas	Capitaes e Dividas Existentes		Cotação anterior a 15 de novembro (maxima)	Valor Total anterior a 15 de novembro £	Cotação posterior a 15 de novembro (minima)	Valor Total posterior a 15 de novembro £	Depreciação £
	Transporte			81.830.814		67.581.792	14.249.022
Ceará Harbour Corporation	£	85.070. Acções de £ 10.	$7^7/_8$	66.993	$6^1/_4$	53.169	13.824
	£	181.200. Debentures de £ 100.					
Rio de Janeiro (city)	£	562.500	$87^1/_2$	492.189	83	466.875	25.314
City of Santos	£	100.000	111	111.000	$102^3/_4$	102.750	8.250
Emprestimo da Provincia de São Paulo	£	779.700	105	818.685	$91^1/_2$	713.425	105.260
	£	196.300. Acções de £ 20.					
Bahia Central Sugar Co.	£	45.000. Acções de £ 20.					
	£	136.200. Debentures de £ 100.					
Extract of Meat and Ride Factory	£	96.500. Acções de £ 5.	$5^1/_4$	101.325	$4^7/_8$	94.087	7.238
Cantareira Water Supply and Drainage of the City of San Paulo	£	109.400. Debentures de £ 100a	$108^1/_2$	118.689	$103^3/_4$	113.502	5.187
	£	350.000. Debentures de £ 100.	104	364.000	92	322.000	42.000
	£	100.000. Acções de £ 10.	$14^1/_2$	145.000	$12^3/_4$	127.500	17.500
City of Santos Improvement Co.	£	35.000. Acções de £ 10.					
	£	30.000. Debentures de £ 100.					
North Brazilian Sugar Factories							
Recife Drainage Co.	£	50.000. Acções de £ 100.					
	£	73.500. Debentures de £ 100.					
Rio de Janeiro City Improvements Co.	£	1.000.000. Acções de £ 25.	$36^7/_8$	1.475.000	26	1.040.000	435.000
	£	468.700. Debentures de £ 100.	106	496.822	98	459.326	37.496
Rio de Janeiro Flour Mills and Granaries Co.	£	250.000. Acções de £ 10.	$10^1/_4$	256.250	9	225.000	31.250
	£	100.000. Acções de £ 20.	$27^1/_2$	137.500	$20^5/_8$	103.125	34.375
Bahia Gas Co.	£	20.000. Acções de £ 20.	$25^1/_4$	25.250	25	25.000	250
	£	30.000. Acções de £ 20.					
Ceará Gas Co.	£	30.000. Acções de £ 10.					
Para Gas Co.	£	166.870. Acções de £ 10.	6	100.122	5	83.435	16.687
	£	4.065. Acções de					
	£	2.300. Debentures					
	£	4.900. Debentures					
	Transporte.			86.539.639		71.510.986	15.028.653

Designação dos Emprestimos e das Emprezas	Capitaes e Dividas Existentes	Cotação anterior a 15 de novembro (maxima)	Valor Total anterior a 15 de novembro £	Cotação posterior a 15 de novembro (minima)	Valor Total posterior a 15 de novembro £	Depreciação £
	Transporte		86.539.639		71.510.986	15.028.653
San Paulo Gas Co.	£ 150.000. Acções de £ 10.	17 3/4	266.250	15	225.000	41.250
Brazilian Submarine Telegraph Co.	£ 1.300.000. Acções de £ 10.	14 1/16	1.828.125	12 1/8	1.657.500	170.625
	£ 84.500. Debentures de £ 100.	104	87.880	101	1.657.500	170.625
	£ 75.000. Debentures de £ 100.	100	81.750	107	80.250	1.500
London Platino Brazilian Telegraph Co.	£ 383.480. Acções de £ 10.	109 1/2	109.500	100	100.000	9.500
	£ 100.000. Debentures de £ 100.					
Montevideo et Brazilian Telegraph Co.	£ 83.140. Acções de £ 10.					
	£ 6.000. Acções de £ 10.	14 1/16	912.642	8 3/8	543.529	369.113
	£ 8.500. Debentures					
Western and Brazilian Telegraph Co.	£ 973.483. Acções de £ 15.	7 5/8	205.768	6	161.916	43.852
	£ 202.395. Acções de £ 7 10/00.	7 1/8	192.275	3	80.958	111.317
	£ 225.000 Debentures A de £ 100.	109 1/2	246.375	106	238.500	7.875
	£ 225.000. Debentures de £ 100.	110	247.505	104	234.000	13.500
Pernambuco Water Co.	M 1.500.000. Acções					
	£ 91.600. Debentures de £ 100.	107	98.012	104 5/8	95.860	2.176
	£ 50.000. Debentures de £ 100.					
Brazilian Street Railway Co.	£ 99.200. Acções de £ 2.	1 3/8	68.200	1 1/8	55.800	12.400
	£ 12.930. Acções de £ 2.					
	£ 27.700. Debentures.					
	Totaes		90.883.916		75.069.620	15.814.296

Esse quadro demonstra minuciosa e indiscutivelmente que a ditadura arruína o crédito do país no estrangeiro.

Não estão incluídos no quadro os títulos da Companhia do Gás do Rio de Janeiro cotados em Bruxelas, o Banco Nacional e mais duas empresas de vias férreas brasileiras cotadas em Paris. Esses títulos, como os de Londres, baixaram consideravelmente com grande prejuízo dos seus portadores e com grande desvantagem para o crédito do Brasil. Os capitais franceses, tão avultados e até há pouco tempo tão arredados do Brasil, começavam a ser empregados em larga escala naquele país: este movimento parou subitamente: daqui um dano incalculável para o futuro industrial e financeiro do Brasil.

E como tem o ministro da Fazenda da ditadura procurado remediar este descrédito?

Este ministro, o sr. Rui Barbosa, foi o autor de um decreto monstro relativo à organização bancária – decreto que devia fazer reviver no Brasil as aventuras financeiras de Law. Esse decreto, polvo gigantesco saído de um cérebro *surmené*, teve de ser amputado a grandes golpes, tal foi o alarido que provocaram os cem tentáculos do monstro intrometendo-se em todos os cantos do país. Os capitais fabulosos atribuídos aos bancos criados pela ditadura foram reduzidos a menos de metade; e o grande Banco dos Estados Unidos do Brasil, glória do sr. Rui Barbosa, reduziu a 50.000:000$000 réis o capital de 100.000:000$000 réis que aquele ministro, com sua assinatura, anunciara à Europa haver sido subscrito em quatro horas. "O decreto bancario de 17 de janeiro", disse o sr. Rui Barbosa, "foi recebido no meio de applausos". Chegaram os jornais do Rio; e a Europa verificou que, à exceção de dois jornais pertencentes a dois ministros, toda a imprensa havia condenado essa extravagância financeira. O sistema Rui Barbosa é o mais singular dos sistemas bancários que este século tem visto. O eminente economista Paul Leroy-Beaulieu estudou comparativamente no *Économiste Français*, de 22 e de 29 de março, o Brasil financeiro e a República Argentina. O sábio francês diz do Brasil, sob o domínio financial do sr. Rui Barbosa:

> O Brazil tinha abusado menos do credito, o seu desenvolvimento era mais lento; e a sua situação seria menos grave se não tivesse havido mudança de governo e, sobretudo, se o Governo Provisorio não espantasse cada semana o mundo pelas resoluções as mais phantasticas

e extravagantes (*abracadabrantes*) no que diz respeito aos bancos e aos monopolios.

Os males do Brazil foram complicados por uma crise politica. Parece que no Brazil estão vendo as coisas em ponto demasiado grande. Fundam-se bancos com os capitaes de 200 milhões, de 300 milhões de francos, e mesmo mais, e esquecem-se, no Brazil, que o Banco de França não tem mais de 182 milhões de capital, e que a nossa segunda instituição de credito tem apenas 100 milhões de capital realisado. Um paiz como o Brazil não saberá o que fazer de bancos com capital de 200 ou 500 milhões. Estes estabelecimentos gigantescos deixam de ser bancos; elles não podem remunerar os seus capitaes pelas operações normaes e proprias dos bancos, isto é, pelo desconto, pelo desempenho do papel de caixa do commercio, servindo de transmissores de capitaes por conta alheia, e fazendo emissões em nome de terceiros. Estes bancos de capital enorme tornam-se necessariamente os *factotum* das tarefas e das empresas as mais diversas e as mais aleatorias: emprehendem tudo ao mesmo tempo; tornam-se agricultores, industriaes; e vão ao encontro fatal das maiores difficuldades. Um banco, um verdadeiro banco, não é coisa feita para a utilisação industrial ou commercial dos recursos de uma provincia; essa é a missão das differentes Sociedades anonymas agricolas, industriaes ou commerciaes, cujo papel, de praso curto, o banco póde descontar com prudencia e discrição, e a cujas emissões de obrigações póde ainda o banco prestar o seu concurso sem comtudo commetter a imprudencia, que logo seria castigada, de ligar o seu destino á sorte d'esses negocios.

É tambem preciso (continúa o grande escriptor) que a dictadura cesse o mais depressa que fôr possivel no Brazil. Um Estado, como a Russia, póde viver debaixo de um governo absoluto, regular, porque tem uma organisação tradicional, e toda a circumspecção e seriedade de uma administração bem baseada. Um Estado, porém, não póde viver por muito tempo sob uma dictadura improvisada, nas mãos de uns militares que não estando ligados por precedente algum, nem contidos por fiscalisação alguma, têm a mania de tudo innovar, ao acaso, ou sob a inspiração de concepções phantasiosas, bem ou mal deduzidas de uma escola philosophica.

O sábio economista, se conhecesse o modo pelo qual foi fundado o Banco dos Estados Unidos do Brasil, não se limitaria a essas observações de uma justiça absoluta. O ministro confiou a uma banda de flibusteiros da finança todos os escandalosos privilégios de que ficou investido esse banco. A lista dos subscritores apresenta nomes de indivíduos que não possuem nem a milionésima parte do capital que assinaram; e o aplauso telegrafado para a Europa foi decerto o dessa gente que, à sombra do sr. Rui Barbosa, queria ganhar dinheiro vendendo os títulos que lhe tinham sido dados, títulos cujas entradas eles não tinham os meios de fazer, mas cuja venda lhes parecia segura porque o sr. Rui Barbosa, pelos favores acumulados sobre o banco, tornava certa a alta desses títulos. Um jornal publicou a lista desses acionistas suspeitos[20]. E, apesar de todas as promessas, tal é o descrédito da ditadura, que esses títulos ficaram, e ainda estão, sem cotação na praça do Rio de Janeiro. A ditadura não ousou ainda fazer baixar um decreto obrigando o capitalista a comprar por bom dinheiro, e com prêmio, os títulos que os amigos, sócios e colegas de redação tinham obtido de graça.

A gente que o cercava, que o lisonjeava para fazer valer a influência do "poderoso amigo"[21], e ajudava a injuriar a monarquia, cuja política ele sempre defendera quando deputado (pois o sr. Rui Barbosa foi sempre deputado ministerialista e até líder do ministério escravocrata do sr. Martinho Campos, sendo oposicionista na câmara somente de 6 de maio de 1885 a fins de setembro do mesmo ano); a confiança ilimitada do ditador que, em sinal de apreço, o havia declarado seu herdeiro em caso de morte, transmitindo-lhe a ditadura como se tratasse de uma propriedade particular; as costumeiras *manifestações* que no Brasil todo o ministro recebe dos seus subordinados e dos que dependem do seu ministério[22] – tudo isto deslumbrara

---

20. A reprodução encontra-se na p. 101.
21. O sr. Rui Barbosa tinha como secretário e nomeou fiscal da emissão de um banco um indivíduo que a câmara municipal do Rio tinha despedido entre os seus empregados, por desvio de dinheiros municipais. O marechal Deodoro ordenou ao ministro que se desfizesse desse colaborador e foi obedecido, cessando assim o contato, ao menos oficial, entre o dito indivíduo e o ministério da Fazenda.
22. Os jornais publicaram o seguinte, com a assinatura da gente do banco dos Estados Unidos do Brasil:

MANIFESTAÇÃO DE APREÇO AO CONSELHEIRO RUY BARBOZA

Tendo-se resolvido adiar a reunião convocada para o dia 25, por ser dia santificado, a commissão abaixo assignada convida a reunirem-se, no dia 2 de abril proximo no salão do club de engenharia, ás 3 horas da tarde, todas as pessoas que receberam listas para agenciar os donativos em favor da manifestação projectada ao eminente cidadão dr. Ruy Barboza. – *Francisco de Paula Mayrink*, presidente; *Manoel José da Fonseca*, vice-presidente; *Carlos Augusto de Miranda Jordão*, thesoureiro; *Luiz Plinio de Oliveira*, 1º secretario; *Paula Ferreira Alves*, 2º secretario.

Dias antes da revolução o comércio do Rio tinha votado uma estátua ao visconde de Ouro Preto.

o financeiro da ditadura. Nada lhe parecia impossível. Ficou mesmo assentado que o retrato do sr. Rui Barbosa figuraria nas novas notas do banco, fato que lembra o que se passou entre Rosas e a Honrada Sala dos Representantes, em 1840, quando essa corporação lutava com o ditador argentino, aclamado *Gran Mariscal*, para que ele consentisse em que a sua efígie fosse cunhada nas moedas da República Federal.

O clamor dos direitos e dos interesses ofendidos cresceu, porém, terrivelmente; e o ministro teve de deixar cair aos pedaços o seu famoso decreto e o seu estupendo banco, cujo capital, de redução em redução, chegou à metade nominal da quantia primitiva, a uma tênue sombra de banco, sustentado à força de sacrifícios pelo Tesouro Nacional. Robert Macaire anda por isso de crista caída.

Passemos neste ponto a palavra a um jornalista brasileiro, que qualifica a sobrevivência desse banco de *mágica financeira*:

> A leitura do balancete do Banco dos Estados-Unidos do Brazil, publicado ante-hontem, produz uma tal impressão, que se chega pensar que o que alli está é um escarneo feito ao bom senso publico, ou então que aquillo é obra dos inimigos occultos, a que tantas vezes se refere o *Diario de Noticias*, que andam á espreita de occasiões para comprometter o nosso credito na Europa.
>
> N'estas questões de dinheiro não é licito andar a inventar modas; e se as circumstancias de momento, as influencias de meio, para que tanto se tem appellado, permitem que até certo ponto se modifique o que é aceito e assentado no mundo inteiro; se permittem que, em vez de exigir augmento de garantias, como se faz nos Estados-Unidos, se diminua aquellas que mesmo as nossas leis anteriores exigiam; não se deve levar o favor a ponto de consentir que, com o capital de um banco, se faça o milagre que fez o Christo com o pão e o peixe.
>
> Pelo que se sabe, o Banco dos Estados-Unidos, que se instituiu com o capital de 100.000:000$000 de reis, e que ainda o annuncia, apesar de ter sido reduzido por decreto a 50.000:000$000 reis, só chamou uma entrada de 10%, isto é, 10.000:000$000 reis; é esta a cifra que consta do recibo de deposito passado pelo Banco de Credito Real. De então para cá, não se fez outra chamada, nem as acções obtiveram cotação na praça, porque para isso era preciso que tivessem 20% realisados. No entanto, o balancete publicado diz no activo que o saldo de entradas a receber é de 60.000:000$000 reis, como se 40.000:000$000 reis tivessem sido recebidos.

Evidentemente, estes 40.000:000$000 reis figuram no balancete para explicar o deposito de apolices no Thesouro, no valor de 39.321:000$000 reis, apolices sobre as quaes o Thesouro já entregou ao Banco notas em igual valor; mas n'este caso, o que se devia realmente dizer não era que os accionistas tinham realisado entradas no valor de 40.000:000$000 reis, o que é evidentemente inexacto, mas sim que o Thesouro fez ao Banco mais este novo favor, de não inquirir da procedencia das apolices que elle deposita, de não querer saber se ellas estão pagas por quem quer que seja, ou foram compradas a praso, para serem pagas com as notas emitidas, e de permitir que o Banco, emittindo notas sobre o valor das apolices que deposita, venha a emittir realmente o quadruplo de seu capital realisado.

E como se isto não bastasse, ainda figura no passivo do Banco a verba de 13.579:679$170 reis de credito que lhe fez o Thesouro; isto é, o Thesouro emprestou ao banco mais tres mil quinhentos e tantos contos do que é o seu capital realisado. Este, que, como dissemos, é de 10.000:000$000 reis, responde por 23.503:000$000 reis de notas já emitidas, isto é, mais do duplo do seu valor, e o Thesouro já lhe deu o direito de emitir até o quadruplo.

Temos visto sustentar pelos defensores anonymos do banco a estranha theoria de que o Thesouro nada tem que vêr com o modo por que este obtem as apolices; desde que ellas estão no Thesouro, a emissão está garantida. Perfeitamente quanto aos portadores das notas, que apenas perderão a differença entre o preço por que ellas forem compradas e o par, ou a differença entre este e o preço por que ellas forem vendidas; mas de onde sae o dinheiro para pagar as apolices? dos accionistas? mas a responsabilidade d'estes cessa desde que as contas sejam approvadas, segundo a nova lei de sociedades anonymas, e quando não cessasse, quem leu a lista nominal d'elles deve lembrar-se que cêrca de dois terços não póde responder pelo compromisso que assumiram.

Não se trata de um estabelecimento qualquer que, se fizer maus negocios, será o unico a soffer. O Banco dos Estados-Unidos foi creado em virtude da reforma financeira, planeada pelo snr. ministro da fazenda, e em suas transações está envolvido o credito do Estado.

Nunca, em parte alguma do mundo, se permittiu que um banco emittisse sobre titulos de divida publica mais do que o valor nominal d'elles; em toda a parte em que funccionam taes estabelecimentos, na America do Norte, onde estas coisas são tomadas a serio, e onde ainda assim têm havido consideraveis fracassos, a emissão é inferior ao valor nominal dos titulos, e o numero d'estes inferior ao capital realisado; aqui passou-se sobre isso, permitiu-se que o banco emittisse até o valor nominal dos titulos; mas o que não se permitiu expressamente e está sendo tolerado de facto, é que a emissão seja tantas vezes superior ao capital realisado quantas o permitir o jogo de escripta de dois ou tres bancos, que se associaram para fazer estas multiplicações phantasticas de dinheiro, inundando a praça com as notas representativas d'essa magica financeira.

Que ao menos isto se regularise, e que um decreto declare terminantemente que não ha proporção a guardar entre o capital do banco privilegiado e a sua emissão, e que com os seus dez mil contos, depositados no Banco de Credito Real do Brazil, o Banco dos Estados-Unidos póde emitir cincoenta mil, até que se lhe permitta emittir cem mil ou mais.

Uma vez iniciado este systema de fabricar dinheiro, não ha razão para que se pare, e quem vier atraz que feche a porta.

Sómente, parece que toda a gente anda esquecida de que na Europa os crédores do Estado, os crédores de hontem, que são tambem os homens com quem contamos hoje e amanhã para nos podermos desenvolver, sabem lêr cifras, e é de crêr que interpretem mais severamente do que nós o fazemos as irregularidades extravagantes denunciadas por este balancete[23].

O que acima fica dito mostra a espantosa organização bancária criada pela ditadura. Nos tempos da liberdade parlamentar no Brasil, um ministro que tão caprichosamente dispusesse assim do dinheiro do Tesouro cairia debaixo da condenação inevitável da representação nacional. Hoje, suprimida a liberdade e instalado o absolutismo, não há recurso algum contra um ministro cujos atos, pela sua inconseqüência, seriam somente do domínio do teatro cômico, se alguns deles não roçassem pelo código criminal. A ditadura pode suster a execução das leis, deixar de lado o código. Não pode, porém, conter a risada universal.

Infelizmente, nem essa hilaridade pode ser permitida, desde que se reflita sobre os males que freneticamente vai causando ao país a inconsciência ditatorial. A ditadura, que detém brutalmente a marcha progressiva do país, ainda mesmo sem os decretos bancários do sr.

---

23. *Gazeta de Notícias*, de 10 de abril.

Rui Barbosa, arruinaria as finanças brasileiras pelo aumento de despesas feitas sem cálculo, sem orçamento, sem regra, sem limite – e não ousamos dizer sem autorização legislativa, porque escarneceriam de nós os defensores interessados do absolutismo dominante. As pensões a militares e, de vez em quando, a alguns civis, enchem colunas e colunas do *Diário Oficial*; as comissões a amigos tanto no Brasil como no estrangeiro, as gratificações, as aposentadorias sucedem-se sem conto[24]. Nos Estados, os governadores, depois de dissolvidas as assembléias provinciais, lançam impostos indiscriminadamente. As câmaras municipais eleitas foram substituídas por intendentes nomeados pelo governo[25]; e estes funcionários decretam impostos novos. Assim está no Brasil obliterada a noção primordial do governo entre os povos civilizados, isto é, de que só o povo, por meio dos seus representantes, tem a faculdade de criar impostos!

A ditadura não se limitou no Brasil a atacar a liberdade do pensamento e a apoderar-se da fazenda pública em detrimento do crédito e da fortuna nacional. A usurpação do poder, por meio da revolta da tropa, teve como conseqüência o desprestígio do direito e a insolência da força – da força com todos os delírios que lhe dá a consciência da própria injustiça.

A liberdade, a dignidade das pessoas, não tem sido mais respeitada do que a expressão individual do pensamento e o dinheiro dos cidadãos.

Não recordaremos as barbaridades do Maranhão, mencionando o fato de o governador de Sergipe mandar prender cinqüenta e duas pessoas, metendo-as no vapor *Estrella*, e deportando para o Rio de Jeneiro[26]. No interior ocorrem todos os dias casos de insubordinação, de violências e de brutalidades praticadas por soldados contra cidadãos desarmados. Os soldados invadem os carros públicos e neles transitam armados sem que os condutores ousem pedir-lhes o preço das suas passagens; freqüentemente insultam os passageiros; esses

---

24. O *Jornal do Comércio* em artigo editorial avaliou de 70 a 80 mil contos o aumento de despesa feito pela ditadura. O governo negou e disse pelo *Diário Oficial* que ia mandar fazer a conta, o que exigia certa demora, revelando assim o estado de lamentável confusão em que se acha a contabilidade do Estado. Há perto de seis meses dessa promessa e o sr. Rui Barbosa ainda não fez públicas as suas contas.
25. No tempo do chamado despotismo colonial, as povoações do Brasil foram sempre administradas pelos Senados do Povo em Câmaras, corporações eleitas autonômicas.
26. *Gazeta de Notícias, Jornal do Comércio, Cidade do Rio, Democracia*, de 28 de março.

insultos por vezes partem dos oficiais. Não há um só jornal do Rio de Janeiro que não traga notícia de alguma altercação em que o militar figura sempre como provocador, e donde o civil sai brutalizado, espancado, muitas vezes preso. Os superiores, como observa o *Diário da Manhã*, de Santos, nos últimos dias de março, dão sempre razão aos seus subordinados – o que não faz senão aumentar a insolência do soldado, seguro assim da impunidade. Aquele jornal faz esta dolorosa observação, ao noticiar que um cidadão tinha ido ao escritório da redação mostrar as feridas e contusões que, a golpes de espada, lhe fizera um soldado, de quem a vítima se fora inutilmente queixar ao comandante. A leitura dos jornais da província revela mil fatos[27] de indisciplina, de que poderíamos fazer uma longuíssima lista, provando que o mais claro dos direitos conferidos ao cidadão brasileiro pela ditadura é o direito de ser impunemente espancado. As rixas sucedem-se às rixas e aos distúrbios; as tropelias da polícia associada aos soldados aterrorizam a população pacífica; e nunca os jornais que noticiam os crimes podem acrescentar que o criminoso foi preso. O soldado domina tudo, a começar pelos seus superiores que não ousam pôr cobro aos desatinos de uma insubordinação que vai fazendo em pequeno o que alguns chefes fizeram em grande, iniciando no Brasil o *pronunciamiento* militar.

IV

Será preciso mais uma vez resumir os fatos característicos da situação do Brasil?

Vimos que a liberdade de pensamento está coata na sua expressão: que a fortuna pública está à mercê de todos os azares de um governo que a ninguém presta contas; que a lei suprema da segurança individual é desrespeitada pela violência militar.

Acusar estes males, lamentar essas desgraças não é desacreditar o Brasil. Os que desacreditam o seu país são os que perpetram atos capazes de dar ao estrangeiro e à posteridade uma idéia atroz da civilização brasileira no século XIX. Um *pronunciamiento* militar é

27. Ver *Gazeta de Notícias*, de 8 de abril.

para a reputação de um país sério a maior desgraça e a maior vergonha que lhe pode advir. Para os povos de civilização adiantada, mesmo na América Latina, para o Chile e para a República Argentina, de hoje, esta simples menção de "revolta militar" é intolerável. A Espanha envergonha-se dos seus *pronunciamientos*; e hoje, na Europa, apenas entre os pequenos estados semibárbaros dos Bálcãs uma revolta militar é possível.

A concentração de todos os poderes nas mãos de meia dúzia de indivíduos, renovando o absolutismo, em um país que já teve durante 65 anos o governo constitucional representativo, é um retrocesso fatal na civilização política.

Os responsáveis por essa usurpação são os que na verdade desacreditam a sua pátria; e não o fazem por palavras, que afinal são palavras, mas por atos proclamados ao mundo inteiro. Graças a esses homens, o patriotismo brasileiro nada terá que responder quando algum estrangeiro equiparar o Brasil aos piores e aos mais desacreditados dos países hispano-americanos. Os que protestam contra as monstruosas anomalias do absolutismo pseudo-republicano não desacreditam o Brasil: os sectários da ditadura militarizada, esses são os grandes difamadores e os destruidores do bom nome da pátria.

Sem armas e tranqüilo, o brasileiro vivia à sombra das leis. O que poderia ele fazer quando uma parte do exército resolveu servir-se, contra a liberdade, das armas recebidas da Nação para defesa da honra nacional e das livres instituições juradas? Um povo todo entregue aos trabalhos da paz não pode reagir contra a força armada. Qualquer povo da terra sofreria a mesma violência suportada pelos brasileiros no dia em que lhes foi imposta a ditadura e em que foram eles tratados como uma nação conquistada por parte de um exército que, de boa fé, julgando fazer a república, não estava senão a criar o despotismo. Os diretores do exército, instalados no Rio de Janeiro, deixaram-se logo deslumbrar pelas vantagens pessoais que entreviam na revolução, e, dando-se logo a si todas as promoções e todos os altos postos, enganavam as províncias para onde telegrafavam que o Imperador partira recebendo cinco mil contos, e que o rei de Portugal e o papa tinham mandado cumprimentar o ditador Deodoro[28]. Os republicanos, que conduziram um general à ditadura, dizem hoje, cheios de si, que os *militares foram o braço, mas nunca a ca-*

---

28. Ver jornais do Rio Grande do Sul e do Pará, da segunda quinzena de novembro.

beça, que criaram o movimento do dia 15[29]. A aclamação da ditadura não podia ser impedida pelo povo; e a verdade é que a maioria do exército não a pode aprovar. No Rio Grande do Sul, um dos mais brilhantes e bravos oficiais do exército brasileiro, o coronel Manoel Luiz da Rocha Osório, herdeiro da tradição gloriosa do general Osório, exprimiu-se com toda a patriótica altivez do soldado que compreende a sua missão em um país culto e livre. Eis o que ele diz no final da Ordem do dia de 18 de novembro ao entregar ao seu sucessor o comando da fronteira de Bagé:

> N'este momento, e em face dos acontecimentos politicos que tiveram logar no Rio de Janeiro no dia 15, devo tambem á guarnição de Bagé uma solemne declaração que guardarei como um compromisso sagrado: se o exercito e a armada, no posto de honra em que se collocaram, em logar de esperarem o santo e a senha dos nossos concidadãos, tiveram a anti-patriotica pretensão de governar a Patria querida pela força dos seus canhões, das suas bayonetas e das suas lanças, o coronel do 5º regimento de cavallaria deixará de ser soldado para ser cidadão[30].

Para honra do exército do Brasil pode-se afirmar que estas nobres palavras hão de encontrar eco entre os defensores da pátria brasileira. A ditadura não há de ser eterna. Rosas dominou em Buenos Aires de 1829 a 1852.

O Brasil não sofrerá por tanto tempo a confiscação da liberdade constitucional pela ditadura.

---

29. *Vida Fluminense*, transcrição da *Gazeta de Notícias*, de 15 de março. Diz mais este artigo, escrito antes de 29 de março, data do segundo decreto contra a imprensa:

> O que tem havido desde o dia 18 de novembro é outra coisa muito differente de republica, da boa e honesta republica que ambicionavamos.
> O ideal republicano está falsificado, cruel e atrozmente falsificado, e a republica não existe.
> Por emquanto, o que tem havido são scenas quasi burlescas de promoções por acclamação, antecipadamente preparadas com todos os *ff* e *rr*.
> Eis o que tem sido a republica até hoje.
> Não, senhores, definitivamente não é sério o que se faz, e nós temos o direito de procurar a republica, porque a republica não existe, porque a republica não se fez.
> O que se fez foi um arranjo de familia, que é preciso acabar a bem da moralidade administrativa e publica.
> Não é com acclamações, nem com accusações injustas a este povo de carneiros, taxando-o de ingrato, como fez o snr. ministro da guerra, que se reorganisa politicamente uma sociedade.
> O que se tem feito até agora nada mais tem sido que promoções de militares, *que foram o braço, mas nunca a cabeça, que crearam o movimento do dia 15.*

30. Nenhum jornal do Rio de Janeiro transcreveu dos jornais do Rio Grande esta Ordem do dia.

Tomada a situação tal qual a violência a criou em 15 de novembro, aceita a supressão da monarquia por toda a parte, como não se cansa de proclamar o Governo Provisório, para que serviria com efeito a prolongação da ditadura?

A imediata consulta à Nação seria o primeiro dever dos responsáveis pela revolução.

Mas o Governo Provisório desde logo repeliu a idéia de entregar o poder aos representantes do país. Aliado à classe militar, o partido republicano não quis organizar um governo nacional. Quis organizar um sindicato: o exército entrou com a força, o partido republicano entrou com o seu pessoal de escritores capazes de redigir decretos, de ter idéias novas etc. etc. Os lucros, isto é, os empregos, os postos elevados, as commissões, os ordenados, as honras, são proventos divididos entre os dois sócios. A maioria da Nação limita-se a pagar.

O que esperar desta organização? Os dois sócios terão um dia de divergir. Os despojos a dividir têm um limite; os apetites, porém, não conhecem medida. Terá o exército a parte do leão, porque afinal ele é a força?... Pode ser também que outra fábula venha a realizar-se: a do cavalo que, querendo vingar-se do cervo, se deixou cavalgar pelo homem. O caçador correu o cervo e matou-o; mas o cavalo ficou escravizado. O exército, para vingar-se dos ministros da monarquia, prestou-se aos desejos dos republicanos; corridos os ministros e morta a monarquia pode ser que a astúcia vença a força, e que o exército, domado e domesticado, seja tratado pelo partido que dele se serviu para ganhar o poder, como o cavalo é tratado pelo homem.

Enquanto não se desenlaça a situação, o estado do Brasil é bem lamentável, sobretudo bem incerto!

Só o sultão de Marrocos, segundo publicam os jornais do Rio, parece estar bem informado das tendências da ditadura, naturalmente simpática ao seu coração sultanesco. Nos últimos jornais lê-se a carta pela qual, em nome de Sua Majestade cherifiana, o vizir Mohammed el Meddel ben Mohammed el Gharrit reconhece o governo do poderoso generalíssimo Deodoro da Fonseca. O vizir barbaresco abraça o ministro brasileiro das Relações Exteriores sentindo nele um irmão. Só Deus na verdade é grande!

20 de abril de 1890.
FREDERICO DE S.

O BANCO DOS ESTADOS-UNIDOS DO BRAZIL
FINANÇAS DO SNR. RUY BARBOSA

Já se, hoje, felizmente conhecida a lista dos accionistas do Banco dos Estados-Unidos do Brazil.

A opinião publica pode agora, norteada por ser com segurança e fazer justiça aos contendores, que entraram no debate pró e contra o estabelecimento de credito, cuja fundação foi promovida pelo decreto de 17 de Janeiro e que o Sr. ministro da fazenda declarou ser um grande serviço prestado ao paiz.

O estudo da lista dos accionistas é necessario para confirmar o que temos dito e demonstrar ao Povo e ao Governo provisorio, que não tinhamos outro fim senão evidenciar o desproposito e a impopularidade de tal creação.

Devemos antes de tudo dar os parabens ao nosso paiz pela generosa interesa dos seus capitalistas, que não se prestaram a sacrificar o patriotismo ao espirito de ganho, pois recusaram-se a subscrever acções do Banco dos Estados-Unidos, apezar dos extraordinarios favores com que o decreto de 17 de Janeiro cumulou os bancos do seu systema.

O Sr. ministro da fazenda terá o estudo desta lista critero seguro para julgar os homens e, de futuro, para saber onde pode telegrafar para a Europa communicando que a lusa triumpho e que realmente não o sendo as estrupitosa derrota, de um systema bancario, que perturbou por mais de meio seculo as finanças da União Norte-Americana e agora mesmo desbarata as finanças da republica Argentina.

Lista dos principaes accionistas do Banco dos Estados-Unidos do Brazil
Instituições fundadas e presididas pelo Snr. Mayrink:

	ACÇÕES
Banco Contructor do Brazil	150,000
Banco de Credito Real do Brazil	50,000
Camillo Martins Lage, caixeiro, do Snr. Mayrink	2,000
Domingos Silverio Bittencourt, director secretario do Constructor	5,000
Ernesto Augusto Harper, contador do B. de C. R. do Brazil	1,000
Francisco de Paula Palhares, corretor do Snr. Mayrink	4,000
Antonio Ferreira Butler, socio do corretor Palhares	4,000
Pedro Aguinaga, caixeiro e genro do corretor Palhares	2,000
Francisco de Faro Oliveira, irmão do guarda-livros do Banco de Credito Real do Brazil	2,000
Florencio José de Freitas Reis, director do Banco Predial	3,000
Gaspar da Silva, ajudante de guarda-livros do B. de C. R. do Brazil	1,000
Dr. Honorio Augusto Ribeiro, fiscal do B. de C. R. do Brazil	1,000
José Alves Ferreira Chaves, ex-director do Banco Predial	1,000
José Ricardo Augusto Leal, mestre de obras do Banco Constructor	5,000
João Pinto Ferreira Leite, caixeiro, do Snr. Mayrink	5,000
João José Pereira Junior, socio do Snr. Mayrink na Estrada de Ferro Sorocabana	6,000
Dr. João da Matta Machado, director do Banco Constructor	3,500
Joaquim de Mattos Faro, director do Banco Constructor	3,000
Luiz Augusto da Silva Canedo, ex-director do Banco Predial	1,000
Conselheiro Lourenço de Albuquerque, chefe da emissão do B. Dos Estados-Unidos do Brazil	1,000
Luiz de Faro e Oliveira, guarda-livros do Banco de Credito Real do Brazil	1,000
Manoel Teixeira da Silva Cotta, thesoureiro do Banco dos Estados-Unidos do Brazil	1,500
Visconde de Assis Martins, presidente do Banco Constructor	3,000
Barão do Alto Mearim, do Banco Constructor e do Banco de Credito Real do Brazil.	10,000
Manoel Francisco de Araujo, porteiro do Banco dos Estados-Unidos	6,243
	271,243

Familia do Sr. Mayrink:

Francisco de Paula Mayrink	50,000
José Pereira da Rocha Paranhos	10,000
Diversos parentes	14,000
	74,000

Imprensa amiga do Sr. Mayrink:

Luiz de Andrade (ex-proprietario do *Diario de Noticias*)	1,500
Antonio Alves Monteiro (ex-proprietario do *Diario de Noticias*)	1,500
José de Seixas Magalhães (ex-proprietario do *Diario de Noticias*)	1,500
Francisco Guilherme dos Santos (proprietario de *Novidades*)	1,500
Somma	6,000

Amigos:

José Antonio do Amaral, sollicitador do escriptorio do Sr. Ruy Barbosa	1,000
Luiz Mendes Ribeiro e sua senhora	2,000
Luiz Braga Junior (orador da organização)	1,100
HERMANO JOPPERT (representando o syndicato nacional e estrangeiro)	50,000

Vê, pois o Sr ministro da fazenda que a somma de 403 mil acções foi toda ella subscripta pelos bancos fundados e presididos pelo Sr. Mayrink, por este capitalista, seus parentes, empregados, seus amigos e varios homens de palha;

S. Ex. mandou declarar pelo Diario Official de 30 de Janeiro.

• A creação do Banco dos Estados-Unidos do Brazil foi objecto do mais debido estudo; FORAM CONSULTADOS TODOS OS REPRESENTANTES DOS INTERESSES REAES DO PAIZ em assumptos bancarios, cujo espirito esta isento das considerações de interesse pessoal; foi a comprehendida verdadeira dos interesses geraes do paiz, ainda mesmo em opposição a alguns interesses particulares, o unico objectivo que o governo teve em vista.

• Nestas condições, julgo o governo escusado a defesa do seu acto.

• Nem mesmo na comma le- vara isso de ser da gritta dos interesses contrariados, que, procurando transvivar a opinião, tem, uma com ma le- tra a correção de Brazil, com uma corrigir de palpavel do assumpto, anarchisado a discussão, promovendo contra o Banco dos Estados-Unidos do Brazil uma guerra desleal, cuja victoria seria a derrota dos legitimos interesses do paiz e em beneficio da carteira de meia duzia de especuladores.

Entretanto S. Ex., depara agora com esta lista de accionistas, na qual escasseiam os nomes dos representantes dos interesses reaes do paiz e as vagas são preenchidas pelos jornalistas, que mais se estremam na defeza do Banco dos Estados Unidos do Brazil, por empregados, deste e de outros bancos do Sr. Mayrink e até pelo sollicitador do antigo escriptorio de advocacia do Sr. Conselheiro Ruy Barbosa.

Como contra-prova da monstruosidade de semelhante organização vieram os factos.

A pressão da praça, apezar de uma operação que devia, pela compra de apolices, dar-lhe folga aos descontos, fez pensar em que, provavelmente, os titulos da divida publica haviam sido comprado por letras, a praso, d'ahi não haver afluido, aos bancos, o numerario de que tanto catecia o commercio.

Ao mesmo tempo, sabia-se que o deposito havia sido feito ao Banco de Credito Real, o que importou para na enorme perplexidade na praça, visto os Estados Unidos do Brazil quasi a certeza de que não entrou para lá um real.

Para onde se escoaram os dez; por cento do outro banco, que d'elles não carecia, porque tinha emissão propria, em troca dos titulos?

Publicada agora a lista dos accionistas entra o espirito publico em mais, vasta serie de duvidas, principalmente depois que foi permitido à arithmetica de banco demonstrar que nada havia mais claro do que se indiferente tirar 10% dos lucros brutos ou 2 ½ % trimestraes do lucro liquido.

Não queremos tirar todas as conclusões que, naturalmente, acodem ao espirito, acordem à lista dos portadores de acções do Banco dos Estados Unidos do Brazil.

Ela por si só basta para demonstrar ao Sr. ministro da fazenda que foi victima de uma miragem, que por aquelles onde o deslumbraram com calculos phantasticos, a gabaram-se da posse de elementos, de que não dispunham.

O novo banco, por mais que fosse o esforço dos seus organizadores, era inviavel, como esta, hoje, palmarmente provado.

O Sr. ministro da fazenda foi grosseiramente enganado e o caminho do patriotismo aconselha-o a abandonar, enquanto é tempo, o malsinado systema, este sim, sempre praticado em beneficio do carteira de alguns especuladores.

Para quem tiver duvidas sobre a veracidade da lista dos accionistas, fica a disposição do publico, no escriptorio da "Cidade do Rio" – Rua do Ouvidor n. 74, a Certidão da Junta Commercial.

VI. A República Brasileira

O que é a república e o que é a ditadura do sr. Deodoro – O general Benjamin Constant – A sua compreensão do dever militar – O seu regulamento das escolas militares – O exército como as nações cultas o compreendem – O militarismo do sr. Benjamin Constant – Proveitos, lucros, vantagens, discursos e nada de batalhas – O boulangerismo brasileiro – O sr. Latino Coelho e o militarismo político – Bizantinismos constitucionais da futura República Brasileira – O que pensa o povo brasileiro – O povo abstém-se de querer intervir nos negócios públicos – A fraude – O lirismo do sr. Rui Barbosa – Novos atentados contra a liberdade individual – O conde de Matosinhos fugindo à *liberdade republicana* – A ditadura deseja a humilhação de todos os brasileiros – Vandalismo republicano – O sr. Benjamin Constant: seu ódio ao velho Dom Pedro II, seu benfeitor – A demissão do sr. Carlos de Laët – Imunidades e garantias de um irmão do ditador – O militarismo tumultuário no Rio Grande do Sul e na Bahia: deposições de dois governadores pela força armada – Novos *heroísmos* – O histerismo político no Rio de Janeiro – Provas de irresponsabilidade mental da ditadura a propósito da calúnia oficial por ela propagada de haver o sr. Dom Pedro II recebido 5.000 contos – O militarismo é odioso sempre, mas, às vezes, é divertido – Os ministros são feitos *generais de brigada*! – As adesões que recebemos do Brasil – A consciência da justiça que nos inspira.

A revolução brasileira chegou ao ponto em que já não aproveitam aos seus promotores nem as esperanças sinceras de uns, nem as vacilações de quase todos os surpreendidos, que acharam ou mais cômodo ou mais consolador para o seu patriotismo fechar os olhos aos males reais sofridos no presente com a ditadura, para acreditar nos benefícios prometidos no futuro com a república.

O governo pode apresentar, em verdade, um índice de decretos alterando tudo. Na sua ambição de achar soluções para todos os problemas sociais e políticos, o Governo Provisório apenas parece ter indagado se a solução adotada era a mais radical, ou a preconizada em última instância pelo livro francês mais recentemente desencaixotado na alfândega. O Governo Provisório, na sua primeira proclamação, declarou-se "simples agente temporário da soberania nacional". Os seus atos demonstram, porém, que o governo não se contentou por muito tempo com a modéstia relativa desta situação; o simples agente temporário assumiu toda a plenitude da soberania, e não houve relação social, jurídica e política que escapasse ao absolutismo irresponsável e ilimitado. Se prevalecerem todos os decretos do Governo Provisório, o Brasil pode gabar-se de ter visto renovada, alterada, invertida toda a sua organização. E quem foi o autor destas mudanças? Foram sete indivíduos que um oitavo indivíduo reuniu e que usurparam a atribuição legislativa que nos países civilizados pertence somente ao povo. A estes oito indivíduos, que só vantagens de todo o gênero têm tirado desta engenhosa combinação, aprouve chamar a este arranjo República Federal. As palavras têm, porém, significações rigorosas; por meio de revoltas de soldados e de decretos pode-se mudar muita coisa neste mundo, mas a linguagem e a precisão científica não se amoldam, nem aos caprichos dos reis, nem aos desejos dos demais governantes. O governo absoluto exercido por oito indivíduos não é a república, cujo significado é o governo de todos. Alcunhem esta organização de república quanto quiserem; a palavra não corresponderá de modo algum à realidade. Este governo absoluto, que não foi eleito pela Nação, tem nome na ciência desde o tempo de Aristóteles, e esse nome é: tirania.

*
* *

O governo de um bom déspota seria o melhor dos governos. Esta banalidade é antiga. Os pensadores não cogitaram, porém, do que seria o despotismo da vulgaridade pedantesca, audaz e ambiciosa. Os publicistas só se ocupam de coisas sérias. À ditadura brasileira faltam os caracteres de seriedade indispensáveis a um governo civilizado. Temos narrado os fatos, ora cômicos, ora odiosos da sua existência, que é para o patriotismo dos brasileiros esclarecidos a mais cruel das provocações. Continuemos.

*
* *

No decurso do mês de abril, o Governo Provisório julgou ser coisa indispensável a reforma do ensino nas escolas do exército.

Um decreto. O *Diário Oficial* publica já os decretos sem lhes dar o competente número, e, às vezes, vem até a data em branco. A confusão legislativa já não se revela somente na incongruência das idéias: está até perdida a ordem material da legislação no meio dos trezentos e tantos decretos que baixaram, e baixaram até o ridículo, desde que a ditadura subiu.

O decreto sobre o ensino militar é composto pelo sr. Benjamin Constant, o incruento general-de-brigada. O pouco mavórtico ministro da Guerra trocou as honras deste posto pelas de ministro da Instrução Pública, Correios e Telégrafos. Trabalhou muito no cargo de ministro da Guerra este felicíssimo militar! Entrou tenente-coronel e, ao cabo de cinco meses, saiu general-de-brigada e grã-cruz de São Bento de Aviz. Tudo isto foi conquistado rápida e incruentamente, sem prejuízo dos parentes, que receberam aceleradas promoções e vistosas condecorações[1]. O sr. Benjamin Constant é positivista ortodoxo, mas há meio de acomodar-se sempre a gente com o céu, com o orçamento, e até com São Bento e Augusto Comte.

O preâmbulo do decreto em que o militarismo republicano expõe a sua doutrina do soldado político é um curioso monumento, uma verdadeira excentricidade militar e um documento digno do ser registrado, tanto pelas confusas ressonâncias da forma, como pelo emaranhado das idéias[2]:

> O generalíssimo Manoel Deodoro da Fonseca, chefe do Governo Provisorio dos Estados-Unidos do Brazil, *constituido pelo exercito e armada*, em nome da nação:
> Considerando que é de urgente e indeclinavel necessidade aperfeiçoar e completar tanto quanto possivel o ensino nas escolas destinadas á instrucção e educação militar, de modo a attender aos grandes melhoramentos da arte da guerra, conciliando as suas exigencias com

---

1. O coronel Cândido da Costa, cunhado do sr. Benjamin Constant, é filho do antigo diretor do Instituto dos Meninos Cegos, sogro do mesmo sr. Benjamin e a quem este sucedeu, por proteção de Dom Pedro II; este cunhado, coronel em 15 de novembro, ganhou dois postos em três meses, sendo promovido a brigadeiro e a marechal-de-campo, tendo a grã-cruz de Aviz e sendo nomeado governador do Rio Grande. O major Marciano de Magalhães, irmão do ministro, ganhou também dois postos em três meses, o de tenente-coronel e coronel, sendo nomeado comandante das armas de Mato Grosso.
2. O *Journal de Débats* e o *Temps*, dois grandes jornais republicanos, de respeitabilidade universal, publicaram este preâmbulo. O *Journal des Débats* achou-o *extraordinaire*; o *Temps* disse: "O ministro da guerra do Brazil publicou uma reforma das escolas militares e no preambulo pronunciou-se contra a obediencia passiva do militares. Eis aqui os *curiosos considerandos* deste *decreto*..."

a *missão altamente civilisadora, eminentemente moral e humanitaria que de futuro está destinada aos exercitos no continente sul-americano*;

Considerando que soldado, elemento de força, deve ser de hoje em diante o cidadão armado – corporificação da honra nacional e importante cooperador do progresso como garantia da ordem e da paz publicas, apoio intelligente e bem intencionado das instituições republicanas, *jamais instrumento servil e maleavel por uma obediencia passiva e inconsciente que rebaixa o caracter, aniquila o estimulo e abate o moral*;

Considerando que para perfeita comprehensão d'este elevado destino no seio da sociedade como o mais sólido apoio do bem, da moralidade e da felicidade da patria, o militar precisa de uma *succulenta* e bem dirigida educação scientifica, *que o preparando* para com proveito tirar toda a vantagem e utilidade dos estudos especiaes de sua profissão, o habilite pela formação do coração, pelo legitimo desenvolvimento dos sentimentos affectivos, pela racional expansão de sua intelligencia, a bem conhecer os seus deveres não só militares como principalmente sociaes;

Considerando que isso só póde ser obtido por meio de um ensino integral onde sejam respeitadas as relações de dependencia das differentes sciencias geraes, de modo que o estudo possa ser feito de accordo com as leis que tem seguido o espirito humano em seu desenvolvimento, começando na mathematica e terminando na sociologia e moral como ponto de convergencia de todas as verdades, de todos os principios até então adquiridos e fóco unico de luz capaz de allumiar e esclarecer o destino racional de todas as concepções humanas.

Resolve reorganisar o ensino nas escolas do exercito pelo regulamento que baixa com o presente decreto e onde são attendidos todos os meios para levantar o nivel moral e intellectual do exercito, pondo o soldado brazileiro á par dos grandes aperfeiçoamentos da arte de guerra[3] em suas multiplas ramificações sem desvial-o de seus deveres como cidadão no seio do lar e no seio da patria.[4]

---

3. Nas escolas militares sempre houve a idéia de ensinar a *ciência da guerra*, entendendo-se que a instrução regimental daria o conhecimento da parte dos conhecimentos militares à qual se pode dar o nome de arte. O positivista general Jung, na sua obra *La guerre et la société*, considerando a guerra na ciência social, dá ao seu capítulo VI a seguinte epígrafe: *La guerre est une science*. O mesmo general cita esta frase do grande Frederico: A guerra será uma arte para os ignorantes; para os verdadeiros homens de guerra ella é *uma sciencia* (p. 61).
 Para o sr. Benjamin Constant a guerra é uma arte. Respeitemos a autoridade de Frederico.
4. Dos deveres do cidadão no *seio do lar* entende o sr. Benjamin Constant bem e por isso promove, nomeia e galardoa irmãos, cunhados e outros parentes. Mas da *arte da guerra* o sr. ministro só sabe o segredo de evitar o fogo.

Palacio do Governo Provisorio da Republica dos Estados-Unidos do Brazil, em 14 de abril de 1890. – *Manoel Deodoro da Fonseca.* – *Benjamin Constant Botelho de Magalhães.*"[5]

5. O sr. Raimundo Teixeira Mendes pretende, a propósito deste decreto, que o sr. Benjamin Constant não tem do positivismo conhecimento suficiente e por isso caiu na aberração revelada pelo decreto. (*A política positiva e o regulamento da Escolas do Exército*, p. 1).
E nós que julgávamos como todo o mundo que o sr. Benjamin Constant só sabia positivismo!
Transcrevemos alguns dos conceitos do sr. Teixeira Mendes sobre o decreto do sr. Benjamin Constant:

> A instrucção militar não passou de um pretexto para organisar uma nova classe de pedantocratas transformando os officiaes do exercito em directores da Sociedade civil (p. 38).
>
> Para pôr o remate e tornar bem evidente que se trata apenas de fardar um contingente de pedantocracia nacional, o regulamento confere o titulo de bacharel em sciencias aos que tiverem approvação plena em todo o curso geral e o titulo de agrimensor aos que tiverem apenas approvação (p. 39).

O sr. Teixeira Mendes diz que o ministro da Guerra não é capaz de encontrar no Brasil professores capazes de realizar o seu programa (p. 42) que é uma amálgama de concepções positivas e teorias metafísicas (p. 40).

Ocupando-se do ensino da matemática segundo o plano Benjamin Constant, o sr. Teixeira Mendes mostra os erros crassos que no método dessa ciência cometeu o sr. Benjamin Constant, que os ignorantes julgam no Brasil ser um grande matemático.

O sr. Teixeira Mendes na transcrição que abaixo fazemos, conservando-lhe a sua ortografia individual, desvenda a ignorância daquele general-de-brigada:

> Con efeito, tratando-se da jeometria preliminar menciona-se a trigonometria retilinea, como si esta já não estivesse incluida naquela denominação; i abre-se un paragrafo com o titulo de *jeometria especial*, como si a jeometria preliminar não fosse *toda ela jeometria especial*. Alen disso introduzen-se curvas cuja consideração não oferece essencial alcance lojico ou scientifico. Augusto Comte conpreendera apenas as seções conicas, a cissoide, a espiral de Arquimedes i a cicloide, cada uma das cuais introdús uma apreciação caraterística nova, como se pode ver na sua *Sinteze subjetiva*. O regulamento julgou que devia anecsar a essas curvas o estudo da conxoide i do caracol (*limaçon*), sen especificar a razão dessa pedantesca emenda ao plano do Sumo Pontifice da Umanidade. Ora, cual é a noção jeometrica ou lojica nova introduzida por essas curvas? Eis o que não nos dis o regulamento. En conpensação, os nossos sabios pedagogos, tão sabios que emendão Augusto Comte, arrancão a trigonometria esferica da jeometria preliminar i transportão-na para a astronomia. Para que? que racionalidade á en guardar en segredo a solução aljebrica dos problemas do angulo triedro durante toda a iniciação matematica para só vir relevá-la ao começar a astronomia, depois de se ter aprendido até calculo das variações? Para ver-se o absurdo dessa transplantação, basta refletir que essa fórmula, alen de outras aplicações, é indispensavel á instituição da jeometria jeral (transposição dos eixos coordenados na jeometria a três dimensões), i nas formulas eulerianas da rotação.
>
> No 1º ano do *curso jeral*, lê-se no 1º período:
> Cadeira: jeometria jeral; seu complemento aljebrico.
> I no segundo periodo: calculo diferencial i integral (estudo completo) noções jerais do calculo das diferenças finitas.
>
> Ora, a jeometria jeral não é possivel sen calculo diferencial i integral. Portanto, a cadeira do primeiro periodo quer dizer o que Augusto Comte xamou *jeometria aljebrica*, que é a parte da jeometria jeral accessivel á algebra direta. Logo a denominação está mal dada.
>
> Por outro lado, sob a denominação de cálculo diferencial i integral, con certeza, o programa conpreende a parte da jeometria jeral que depende desses calculos. Logo a denominação está *irracionalmente dada*. O catalogo devia dizer: jeometria diferencial i geometria integral. I não se pense que se trata de uma questão insignificante; trata-se, pelo contrario, de un assunto inportantissimo, porque o calculo transcendente não póde ser concebido filozoficamente sen subordiná-lo ao ponto de vista jeometrico, aliás, preponderante en toda a matematica. Mas como si essa infração ao programa de Augusto Comte não bastasse o novo catalogo decretou: noções jerais do calculo das diferenças finitas. Pois é ai o lugar apropriado para fazer-se a apreciação deste pretenso calculo? A sua critica não pertence, aliás accessoriamente, ao estudo da teoria das series no calculo aljebrico, i á apreciação da concepção infinitezimal na jeometria diferencial assim como á determinação aprossimada das cuadraturas na jeometria integral?

A importante publicação inglesa *Review of Reviews* comentando, como sempre, elogiosamente, os artigos de Frederico de S., publicou no seu número de agosto um artigo curioso, com este título "The Pranks of the Brazilian Republic" ou "As farsas da República Brasileira". Falando do decreto do sr. Benjamin Constant, o escritor inglês chamou-o um *decreto grotesco*.

O sr. Benjamin Constant revela-se afinal ao mundo como o general do exército humanitário do futuro, humanitário sul-americano, está claro, a quem repugnam as severas virtudes militares dos exércitos, não só da Europa, como da grande república norte-americana e do Chile.

Este ideal militar sul-americano que a ditadura achou no presente para o exército brasileiro e lhe quer garantir no futuro nem ao menos é uma novidade. Desde os primeiros anos deste século que todos os países do continente sul-americano conhecem bem o que é militar político, parte integrante desses exércitos humanitários que têm conservado em semibarbaria tão ricas regiões e feito consistir a história política desses países desgraçados na crônica, às vezes sangrenta, e sempre degradante, das rivalidades de quartel. Na América Central o sr. Benjamin Constant não seria um inovador. No Brasil, porém, a sua teoria é nova. As doutrinas têm o seu destino. Já meio desmoralizado na Guatemala, o militarismo político refloresce no Brasil. Diz-se naquele país que o sr. Benjamin Constant é um grande matemático. A posteridade terá de jurar nas palavras de alguns contemporâneos e amigos do sr. ministro que é um sábio inédito e um militar pacífico. No seu túmulo, primeiro posto que ele terá de ocupar gratuita e isoladamente sem acumular com algum outro, poderão os pósteros colocar o livro que S. Exa. não escreveu e a espada que jamais desembainhou. Sob a espada virgem um livro em branco.

Restará, porém, de tanta bravura e de tanta ciência inúteis o preâmbulo humanitário do decreto de 14 de abril. Verá a posteridade que o sr. Benjamin Constant foi ao menos um homem moderado. Não abusou do humanitarismo. Se lhe carregasse mais um pouco a mão, o sr. ministro suprimia de uma vez o exército. O sr. Benjamin Constant, porém, conservou ainda o exército pensando talvez que, se não houvesse exército, não haveria o que fazer dos coronéis, dos generais seus parentes, nem do próprio São Bento de Aviz, superstição feudal que a vaidade positivista da ditadura teve o cuidado de conservar. Dizem que o sr. Benjamin Constant propôs em conselho de ministros o desarmamento de todos os exércitos americanos dentro de cinco anos, conservando, porém, os oficiais todas as suas honras e regalias[6]. O filósofo não esqueceu os interesses do general.

---

6. *O Estado de S. Paulo*, de 17 de abril:

E como consequencia correlativa, tomar-se-ha desde logo a medida do desarmamento, no novo continente, ficando, aliás, aos officiaes do exercito e da marinha, bem como aos soldados, as honras e regalias inherentes aos cargos que até então desempenharem.

Enquanto não se realizar o sonho humanitário do sr. Benjamin Constant, isto é, o de ver cada oficial quieto em sua casa, com sua mulher e seus filhos, revestido das insígnias e condecorações nunca maculadas pelo pó de batalhas sanguinosas, recebendo o seu crescido soldo a jogar o gamão na botica, a fazer política ou positivismo, segundo os gostos de cada um – enquanto este sonho regalado não for uma realidade, permitirá o sr. Benjamin Constant que o seu preâmbulo seja objeto da gostosa hilaridade dos militares que, se não são positivistas, são pura e simplesmente militares.

*
* *

A ditadura brasileira, no decreto destinado a reorganizar o ensino militar, começa condenando a obediência passiva do soldado. Começa pela destruição da base de toda a organização militar, porque ou é passiva ou já não é obediência. Assim, o tenente-coronel que se deixou aclamar general pelos seus subordinados, aos quais teve de recompensar promovendo-os, corrupção que, partindo de baixo e bem aceita em cima é tão condenável como a corrupção que nasce do alto: esse general que ganhou os seus galões à janela da rua Larga de São Joaquim, entende que os oficiais e que os soldados dos exércitos de todos os países civilizados do mundo, educados, enobrecidos e fortificados na escola da abnegação que é a da obediência passiva, têm o *caráter rebaixado*, são *instrumentos servis* e têm o *moral abatido*!! Todos, sem exceção, alemães, ingleses, franceses, americano, chilenos, italianos, portugueses, todos os soldados do mundo, são umas miseráveis criaturas que só inspiram compaixão ao general dos Meninos Cegos, cegos entre os quais foi o rei o sr. Benjamin Constant, que por isso ficou decerto com tão má opinião da monarquia.

O redator do preâmbulo não tolera os militares que se contentam com as glórias puras da sua nobilíssima profissão. O ministro da ditadura recusaria o São Bento de Aviz positivista ao capitão Max Caccia do exército francês, que não conhece o sr. Benjamin Constant, mas que parece havê-lo adivinhado quando escreveu estas palavras: "A *obediencia militar é passiva*, isto é, não admite a menor hesitação, a menor demora na execução da ordem recebida... *Os ignorantes, os pedantes*, os inimigos do exercito são os que dizem que obedecer antes de refletir é comprimir a liberdade e offender a consciencia...

Sem obediencia passiva não ha exercitos instruidos na paz e, portanto, não ha victorias possiveis na guerra."[7]

Outro escritor militar que pensa diversamente do ministro brasileiro é A. de Chesnel, tenente-coronel do exército francês: "Todos os povos civilisados reconhecem que a disciplina do exercito é não só uma condição indispensavel de honra, de gloria e de bem-estar para este, como tambem uma necessidade da segurança e da prosperidade da nação. Sem disciplina não ha força militar efficaz para a defeza da patria, nem garantia para a tranquilidade dos cidadãos. Por vezes tem havido quem proteste contra a *obediencia passiva* dos soldados e esses protestos têm partido, quasi sempre, dos demagogos ou dos utopistas. Lamartine respondeu-lhes muito bem quando pronunciou estas palavras: 'No frontispicio de todos os codigos militares, em todas as linguas, ha escriptas estas quatro palavras, mysteriosas mas evidentes, emquanto houver no mundo sociedades cultas: *Obediencia passiva do exercito*. A ordem e a honra são duas necessidades do exercito. Na anarchia ha ainda uma nação; com a indisciplina e a desobediencia, não ha mais exercito'."[8]

Pretenderá o general dos Meninos Cegos que estes escritores militares da República Francesa, que Lamartine, e todos, procuravam rebaixar o caráter francês e aviltar a sua pátria?

O Brasil sabe por desgraça sua o que é o esquecimento destas verdades desde 1887, ano em que o sr. Deodoro, aconselhado pelo sr. Benjamin Constant, se revelou ao público como homem político, fazendo um *meeting* contra o governo, coisa que nem os oficiais peruanos e nicaragüenses ousariam fazer talvez hoje.

*
* *

Em todos os países cultos e livres aprende-se nas escolas que todos os poderes são delegações da nação, que o povo é soberano e governa-se a si mesmo por meio dos seus representantes livremente eleitos. À geração nova no Brasil, a ditadura está ensinando que o exército e que a armada têm o poder de destruir e de constituir governos, aviltante monstruosidade que envenenará por muitos anos a consciência nacional.

---

7. *Des vertus militaires en temps de Paix*, pp. 99 e 101.
8. *Dictionnaire des Armées de Mer et de Terre*. V. Discipline.

Não há uma só autoridade militar, um só general de patriotismo provado no campo de batalha, e que, sendo ao mesmo tempo alguém na ordem intelectual e na civilização do século (o que não acontece à maior parte dos caudilhos sul-americanos), tenha pretendido justificar o equívoco personagem que nas sociedades cultas há de ser sempre o militar que, pelas baionetas dos seus subordinados, quiser conquistar posições políticas. O general Faidherbe, o austero republicano, o sábio e o herói, encheu-se da mais nobre indignação contra Boulanger suspeitado de pretender introduzir na França os hábitos políticos dos militares espanhóis. A respeito de Boulanger, lamentável exceção que a França e o exército francês expeliram para longe de si, Faidherbe pronunciou as seguintes palavras: "Boulanger é um charlatão do patriotismo. Era indigno de permanecer por mais tempo no exército. Aprovo sem reserva o julgamento do conselho de investigação. O castigo foi até, na minha opinião, inferior à falta. Quando um general dá ao exército tais exemplos de indisciplina, não há pena bastante severa que o possa ferir. A primeira república fazia fuzilar os generais que se revoltavam contra o poder civil. Ela tinha razão. Nenhuma indulgência, nenhuma piedade é possível em casos semelhantes. Até onde iríamos se tolerássemos semelhantes desvios? Dentro de pouco tempo não haveria nem exército nem pátria."[9]

O próprio Boulanger, que, pelo número de batalhas a que assistiu, pelas feridas que recebeu, se distingue do general Benjamin Constant, não pensará talvez como o preambulista do decreto de 14 de abril.

Onde não há obediência passiva, surge logo o militar político, entidade cuja presença num país é o mais seguro indício do atraso da sua civilização. A República Argentina tem realizado os seus admiráveis progressos destes últimos dez anos, porque o militar político é criatura que naquele país parece já pertencer à história[10]. O

---

9. Palavras do general Faidherbe reproduzidas por ocasião da sua morte pelo jornal *Le Paris*, de 30 de setembro de 1889.
10. *Jornal do Comércio*, de 22 de abril:

>BUENOS-AYRES, 21 DE ABRIL. – O ministro Levalle em conversa com um reporter disse que está resolvido a prohibir a intervenção dos officiaes na politica do paiz.

>*Jornal do Comércio*, de 27 de maio:

>BUENOS-AYRES, 25 DE MAIO. – Foi preso o coronel Saravi, redactor do *Porvenir Militar*, por haver criticado a mensagem presidencial.

poder civil tem hoje bastante energia e bastante patriotismo para reprimir qualquer tentativa de militarismo.

O oficial chileno, ainda orgulhoso da gloriosa campanha em que o exército nacional levou de vencida as tropas veteranas dos *pronunciamientos* peruanos e bolivianos, tem o mais nobre desprezo pelo oficial que pretende servir-se da sua espada em favor da sua opinião política, ou antes, da sua ambição pessoal. Os chilenos votam uma gratidão eterna ao glorioso general Bulnes que, vencendo o seu parente general Cruz em Loncomilla, esmagou para sempre o militarismo político na sua pátria. Um ilustre diplomata inglês, referindo-se ao general Bulnes, diz as seguintes palavras: "A sua fama e a sua popularidade, como vencedor de Yungay e conquistador do Perú, bastariam para tentar um homem de uma natureza mais commun a desviar-se do caminho do dever e da disciplina militar. Espontaneamente elle offereceu os seus serviços á auctoridade civil contra que se havia revoltado o general Cruz, bem que elle podesse conservar-se, sem perda da sua reputação, afastado das dissenções do Estado. Admiremos o exemplo dado a seus concidadãos pelo general Bulnes; a lição que elle lhes ensinou foi que o elemento militar, em toda a sociedade bem constituida e possuindo instituições livres, deve estar submettido á auctoridade civil e legal. Graças em grande parte ao procedimento de Bulnes, deve o Chile a sua libertação dos males que até hoje affligem as Republicas hespanholas e que têm feito da historia politica da America do Sul os annaes lamentaveis das revoluções de quartel, tantas vezes envilecidas pela perpetração de assassinatos políticos. Bulnes feriu de morte o militarismo na sua pátria."[11]

No mundo civilizado não há duas opiniões sobre a imoralidade clamorosa do militarismo político. Poderíamos fazer cem citações de trechos em que os escritores militares dos países cultos ensinam o que já está em todas as consciências, isto é, que o dever da obediência incondicional e a missão natural do exército vedam ao cidadão armado pela nação toda a intervenção na política. Os soldados que têm praticado os grandes feitos militares deste século, os alemães que realizaram a unificação da sua pátria, os ingleses que formaram

---

11. Horace Rumbold, ministro da Grã-Bretanha em Santiago: *Rapport sur le progrès et la condition générale de la République du Chili*, Paris, 1877 p. 11.

o maior império de que fala a história, esses não aprenderam as sociologias do sr. Benjamin Constant. Aprenderam, porém, na escola da lealdade e do sacrifício, o caminho da glória pelo valor e pela abnegação.

O sr. Latino Coelho, que, aceitando a intervenção moral de um governo estrangeiro nos negócios internos da sua pátria, acolheu agradecido as exortações telegráficas e republicanas do sr. Benjamin Constant, figurou por alguns dias como o diretor espiritual do militarismo brasileiro e seu embaixador em Portugal. Numa carta dirigida à imprensa o sr. Latino Coelho disse que o exército francês também havia tomado parte nas revoluções deste século. Enganou-se o ilustre acadêmico. Em 1830 muitos oficiais franceses pediram a sua demissão por ocasião das célebres ordenanças que provocaram a revolução, e como a demissão não chegou a tempo, esses mesmos oficiais comandaram o fogo contra os revolucionários, e a tropa só se retirou quando recebeu ordem para isso[12]. O mesmo aconteceu em 1848. Em 1852, quando Luiz Napoleão deu o golpe de Estado, o exército atacou as barricadas, cumprindo a ordem do eleito do povo francês, já então chefe do Estado, e esta ordem o exército recebeu-a do ministro da Guerra. E todos os oficiais, e muitos eram republicanos, obedeceram. A revolução do dia 4 de setembro de 1870 foi feita pelo povo. Os restos do exército francês estavam em campanha tentando resistir aos alemães, e a força armada nada fez senão reconhecer o Governo Provisório aceito pela nação. O sr. Latino Coelho, quando os mal entendidos interesses da causa do seu partido não lhe perturbam a justiça do seu espírito, não defende o militarismo político, e, uma vez, tratando da crise política no Brasil, em 1825, o próprio sr. Latino Coelho indignou-se contra os militares políticos: "A crise politica ameaçava sangrentos dissidios ao Brazil. *Os officiaes da guarnição no Rio de Janeiro ousavam intervir nas questões politicas*, pedindo ao Imperador que refreasse a imprensa, suprimindo o *Tamoyo* e a *Sentinella*, e expulsasse da assembléia a José Bonifácio e a seus irmãos e consortes na politica."[13] O ilustre acadêmico está com a doutrina da verdadeira civilização política, qualificando de ousadia a pretensão antipatriótica dos oficiais do Rio de

---

12. General A. L. Blondel, *Coup d'œil sur les devoirs et l'esprit militaires*, Paris, 1887, p. 24.
13. *Elogio histórico de José Bonifácio*, Lisboa, 1877, p. 88.

Janeiro em 1823. Pouco nos importa que o político, em 1889, tenha querido exaltar o que o filósofo condenava, anos antes, em toda a calma da sua razão.

A ausência da obediência passiva nos exércitos significará sempre, cedo ou tarde, a escravização do povo à força armada. Perdida a noção da obediência, perdida ficará também a concepção justa do destino dos exércitos que são criados para a defesa externa e interna das sociedades, e não para dominá-las. Os povos que tiverem a desgraça de possuir um exército de políticos, onde a obediência seja ainda objeto de dúvidas e de discussões, estão fatalmente destinados a perder a liberdade. O que se poderá esperar de um país onde, num decreto do chefe de Estado e de um ministro que ganharam as suas posições em um ato de revolta, fica consignado solenemente que a obediência passiva rebaixa o caráter e avilta o moral?

A política no Brasil está hoje reduzida à arte de adular, com mais ou menos sucesso, os militares. É inútil que os brasileiros estejam alimentando ilusões pueris. Os partidos políticos, hoje, só poderão galgar o poder agarrados à cauda do cavalo de um general. As comissões nomeadas pela ditadura estudaram e tentaram redigir longos projetos de Constituições republicanas; discutem os jornais se a Constituição será votada em plebiscito, decretada pelo sr. Deodoro ou proclamada por uma Assembléia Constituinte. Diz-se que o sr. Deodoro vai liberalmente outorgar ao Brasil uma Carta Constitucional. O primeiro Imperador promulgou o projeto de Constituição redigido pelo conselho de Estado a requerimento das câmaras municipais do país; a ditadura suprimiu as representações eleitas dos municípios; Dom Pedro I, na Constituição de 25 de março de 1824, pouco se afastou do projeto apresentado na Constituinte e que sem dúvida esta adotaria. A Constituição doada pelo sr. Deodoro é inteiramente de sua própria autoridade, nenhum representante da nação foi ouvido. Quem garante a observação dessa lei que pode ser desfeita por quem a fez, sem que haja possibilidade de alguém impedir ou punir a sua violação por parte do soldado onipotente e irresponsável?

Tudo isto, pois, não passa de um bizantinismo irrisório: todo o mundo sabe que dois regimentos na rua acabam com os plebiscitos, fazem evaporar qualquer governo e desaparecer em um momento qualquer assembléia. E para que dois regimentos saiam à rua, basta a má vontade, a ambição, o interesse ou o amor-próprio contrariado de meia dúzia de oficiais educados na escola da sedição e que sabem que no dia seguinte à sua façanha pouco perigosa terão honras, postos, pensões, condecorações, apoteoses, versos e retratos nos jornais. Qualquer código constitucional que os redatores da futura Constituição tiverem copiado, com mais ou menos felicidade, dos Estados Unidos, da Suíça, ou da Colômbia (este país é hoje muito imitado no Brasil, apesar de as leis colombianas, retoricamente libérrimas, não impedirem a Colômbia periodicamente de se estorcer na anarquia a mais tirânica, ou viver entorpecida no atraso o mais completo), sejam os legisladores da ditadura os sábios mais inspirados da história, tudo quanto fizerem será precário, todos os seus princípios serão sem prestígio, porque o povo não esquecerá tão cedo que todas as instituições podem, de um momento para outro, ser derrubadas por alguns conspiradores militares.

Muitos brasileiros têm a patriótica ilusão de que o militarismo não será na sua pátria o que tem sido na pátria dos seus vizinhos. Em que se baseia esta pretensão dos brasileiros de constituírem uma exceção fenomenal, a única, a primeira na história? Dizem eles que o militarismo jamais dominará definitivamente no Brasil, porque o Brasil não é um país militar, porque o brasileiro é um povo sem predileção pelas armas. É verdade. Mas esse desamor do brasileiro pela profissão militar é justamente o que constitui a sua inferioridade e faz dele um homem desarmado por hábito e incapaz de se armar para reagir; é o que o põe na desgraçada posição de nunca poder defender-se contra a força armada esquecida dos seus deveres. Só um povo marcial, tendo recebido uma educação física que lhe enrijasse os músculos e lhe fortalecesse a coragem, só esse povo poderia levantar-se contra a tirania e tornar pouco agradável a profissão de ditador e de *pronunciamientista*. O exército é um punhado de homens, dizem alguns brasileiros: o seu domínio não será duradouro. Eram também um punhado de homens os exércitos do Peru, comparados à população daquele país, o mais rico do grande império colonial espanhol. Isto, porém, não impediu que o Peru vivesse 70 anos em estado crônico de ditaduras e de *pronunciamientos*.

O verdadeiro povo brasileiro parece ter a instintiva e clara noção da desgraçada situação em que se acha. O Governo Provisório mandou dar começo em todo o país às operações do alistamento eleitoral e, fenômeno curioso!, a população retrai-se, os cidadãos abstêm-se, e permanecem em branco as listas dos futuros eleitores. Por quê? O povo brasileiro compreende que o direito eleitoral é uma farsa e a intervenção popular nos negócios públicos uma burla verdadeira desde que está firmado o dogma de que o exército e a armada podem alterar, transformar, abolir e destruir o que a vontade nacional tiver querido e sustentado. Para que ser eleitor, quando o soldado faz o papel de árbitro supremo da Nação? O que o eleitor tiver feito hoje será amanhã talvez desfeito pelo militar. O cidadão brasileiro sabe hoje bem disso, e hesita, teme, desanima e abstém-se[14].

A fraude supre, porém, a esta abstenção. Os jornais noticiam que em pequenas provações onde o alistamento está sendo feito do modo a contentar a ditadura, há já um número de eleitores igual ao das grandes cidades. A cidade de Juiz de Fora tem de sete a oito mil almas e, no entanto, apresenta número de eleitores igual ao de São Paulo, que tem de oitenta a cem mil habitantes[15].

Este fato dá uma idéia do que vai ser a primeira eleição brasileira, depois da instalação do absolutismo republicano. E esta eleição será feita estando todos os direitos seqüestrados, suprimidas todas as liberdades e o país sob a degradante pressão de uma ditadura militar. Que valor moral terá a opinião nacional que for manifestada a 15 de setembro próximo?

Terá o mesmo valor das eleições celebradas no Haiti e na Guatemala, onde há militarismos, promoções em massa, plumas, galões, fraternidades, e onde decerto há também generais adversários da disciplina e da obediência passiva dos exércitos, como o sr. Benjamin Constant.

Antes dessas eleições o sr. Benjamin Constant quis praticar mais um ato de abnegação patriótica, a seu modo. Fez declarar no *Diário Oficial* que não era candidato a nenhum cargo de eleição popular e que, se fosse eleito, recusaria. Compreende-se bem o pouco apreço em que o sr. ministro tem os cargos de eleição; o sr. ministro prefere os cargos que espontaneamente assume pela violência sem precisar dar satisfações a quem quer que seja, cargos de que ele mesmo

---

14. Citamos alguns exemplos dentre muitos; São Paulo: "Tem sido até agora relativamente insignificante o numero de cidadãos que se têm alistado para a qualificação eleitoral. É preciso reagir contra este deploravel symptoma de indifferentismo." (*O Estado de S. Paulo*, de 25 de abril.)
   Bahia: "Somos informados de que, por parte da população se manifesta grande indifferença e que muito poucos cidadãos procuram alistar-se." (*Pequeno Jornal*, de 31 de maio.)
   Minas Gerais: "Notável estranheza tem causado aqui a indifferença publica pela qualificação eleitoral, pois até hoje não passa de *cinco* o numero de cidadãos que têm requerido a sua inclusão no alistamento." (*Renascença*, de São João del Rei, de 8 de maio.)
15. *Diário do Comércio*, de 5 de maio.

aumenta os ordenados e aos quais ascende por sua própria iniciativa. Demais, se o sr. Benjamin Constant fosse eleito membro da Constituinte, algum indiscreto poderia fazer-lhe perguntas sobre os negócios da sua pasta; e o sr. ministro evita o campo de batalha parlamentar com o mesmo cuidado com que evitou o campo de batalha no Paraguai. Isso de batalhas, pensa o sr. ministro, incluindo as batalhas faladas, não prestam para nada.

*
* *

O que pensa a ditadura?
O *Diário de Notícias*, jornal do sr. Rui Barbosa, resume a situação de um modo curioso e num estilo que é o da predileção daquele interessante financeiro:

> Hoje já estamos tranquilos sobre o nosso futuro. Dobramos o cabo das tormentas e estamos nas regiões bemditas onde a face do mar só se encrespa com as brisas perfumadas, que vêm das florestas virgens, onde são classicas as hosannas á liberdade.[16]

Toda esta literatura quer dizer que o sr. Rui Barbosa e seus amigos andam contentes de si mesmos e seguros do futuro. Podia isto ser dito mais simplesmente. O sr. Rui Barbosa é, porém, o homem das amplificações literárias e bancárias. Soprem, pois, as brisas perfumadas nas matas virgens sem as quais não há liberdade, como se vê na África Central, que, sendo a região de maiores matas virgens, é decerto o país de mais liberdade em todo o mundo.

Mas, se as brisas chegam tão perfumadas ao nariz pouco grego do sr. Deodoro, se a nave ditatorial sulca um mar ainda menos crespo do que a gloriosa cabeleira do bravo marechal, para que vive a ditadura a dar brados de alarma e a cercar-se de precauções, como se estivesse sempre em perigo a sua existência?

Os decretos coercivos da liberdade de imprensa estão em pleno vigor. O presidente da comissão militar oficia aos governadores dos Estados, pedindo-lhes que remetam para o Rio de Janeiro os indivíduos que disserem mal do governo[17]. Em tempo nenhum funciona-

---

16. *Diário de Notícias*, de 9 de maio.
17. *Jornal do Comércio*, de 13 de abril.

ram no Brasil tribunais militares para julgar crimes de imprensa. Todas as revoltas e insurreições do tempo da menoridade e dos primeiros anos do reinado de Dom Pedro II, uma vez reprimidas, os seus autores foram julgados pelos tribunais ordinários e segundo a lei escrita. Quarenta anos depois, o Brasil estando mais adiantado em civilização, a ditadura cria ousadamente comissões militares. No Brasil nunca houve banido algum antes dos banidos que o sr. Deodoro sentenciou[18].

Alguns jornais continuam a suspender a sua publicação até ser restabelecida a liberdade de impresa[19]. Em Santos, a polícia cerca todos os dias a tipografia do *Correio de Santos*, para obstar materialmente à publicação da folha, e "soldados armados assediam o escriptorio da redacção fazendo revistar os que d'alli sahem, até cidadãos superiores pela posição social, habitos e caracter, a qualquer suspeita de desordeiros; e a auctoridade, depois da leitura da folha, permite ou prohibe a venda e a distribuição do jornal"[20]. No Pará, é incendiada a tipografia do *Democrata*, e o crime é atribuído à autoridade[21]. Em Ouro Preto, o dr. Diogo de Vasconcelos é levado à presença da autoridade e intimado a não continuar a redigir o *Jornal de Minas*, que suspendeu por isso a sua publicação[22]. Em Porto Alegre, o sr. David Job, redator do *Mercantil*, foi preso, sendo substituído pelo sr. Ernesto Gernsgross, que também foi preso, o que obrigou aquela folha a suspender a sua publicação. O mesmo aconteceu

---

18. Houve comissões militares no Brasil em 1825 para julgar o crime de rebelião nas províncias de Pernambuco e Ceará. Em 1829 foram criadas comissões militares; mas o governo, diante das reclamações do parlamento, suprimiu-as antes que elas começassem a funcionar. É curioso ver como a imprensa do tempo julgou essas comissões militares: "As comissões militares", dizia a *Nova Luz Brasileira* (nº 31), "são o meio mais seguro e mais breve de espalhar o terror e suffocar os generosos sentimentos dos homens, pondo mordaças nas bocas e o terror sobre os corações generosos. E que cousa he uma *commissão militar* senão hum ajuntamento illegal e arbitrario, filho só da força e da usurpação dos tyrannos?" Hoje não há parlamento para protestar nem existe a liberdade de imprensa que existia em 1829. É preciso não confundir algumas *deportações* de tempos antigos com os *banimentos* de hoje. O povo brasileiro, pouco educado na escola dessas violências, confundirá facilmente *banimento* com *deportação*. O governo de Pedro I não impediu que José Bonifácio, deportado, fosse eleito deputado pela Bahia; a ditadura republicana nega aos deportados por ela os seus direitos políticos e no seu chamado Regulamento Eleitoral declara inelegíveis os banidos e deportados, não tendo, portanto, estes meio algum de apelar para o povo da violência que lhes foi feita.
19. Sucedeu isto com o *Dezenove de Dezembro*, de Curitiba, o jornal mais antigo do Estado do Paraná. Ver *Jornal do Comércio*, de 11 de abril.
20. *Diário da Manhã*, de 25 de abril; *O Estado de S. Paulo*, de 23 e 24 de abril; *Correio Paulistano*, de 27 de abril.
21. *Diário de Notícias*, do Pará, de 20 de maio.
22. *Jornal do Comércio*, de 2 de junho.

à *Folha da Tarde*, por ser preso o redator sr. Henrique Hasslocher[23]. Não pôde também continuar a publicar-se *A Reforma*, redigida pelo valente escritor teuto-brasileiro Carlos von Koseritz, que foi preso, com sentinela à vista, nas Pedras Brancas[24]. Carlos Koseritz continuava debaixo desse constrangimento e ia embarcar a bordo do *Planeta* para ser conduzido ao Rio de Janeiro, quando, oportunissimamente para a ditadura, faleceu repentinamente, dizem os jornais, de uma síncope cardíaca. Ficaram assim os inimigos de Koseritz livres de uma vez da sua oposição, e o notável escritor morreu vendo a sua pátria de adoção, que ele conheceu livre durante tantos anos, entregue a todas as violências de uma tirania nova no Brasil! O *Estado do Sul* e o *Jornal do Comércio*, de Porto Alegre, não puderam também continuar a publicar-se e ficou só em campo a *Federação*, órgão do governo[25].

*
* *

O *Diário de Notícias*, jornal do sr. Rui Barbosa, desafia sarcasticamente a *Gazeta de Notícias* a publicar contra o "benemérito generalíssimo" um artigo igual ao que publicou em 14 de novembro[26]. E o que bem demonstra o liberalismo dos novos republicanos brasileiros, o jornal do ministro diz que a formação do "partido catholico é um accinte ás leis existentes"[27], contestando assim a liberdade de consciência, de associação e de pensamento.

Conhecemos as práticas da ditadura e, admirando os seus conceitos, temos visto que não cessaram ainda as violências contra a liberdade de pensamento e das pessoas.

Uma violência que tem o caráter das execuções inquisitoriais próprias a todos os despotismos mais ou menos soldadescos ou jacobinos da América do Sul, é a que consiste na prisão de um indivíduo qualquer, prisão que se prolonga indefinidamente sem a vítima ser sequer ouvida, sem lhe ser permitida a menor comunicação com os seus mais próximos parentes, sem lhe ser dado ouvir nem ao menos os conselhos de um advogado. E as vítimas são arrastadas ao Rio de Janeiro para serem julgadas por uma comissão militar, que afinal

---

23. *Gazeta de Notícias*, de 28 de maio.
24. *Ibidem*.
25. *Jornal do Comércio*, de 31 de maio. *Gazeta de Notícias*, de 28 de maio.
26. *Diário de Notícias*, de 22 de maio.
27. *Diário de Notícias*, de 1º de junho.

nem se digna tomar conhecimento do suposto crime. Enquanto isto dura, o paciente anda de enxovia em enxovia, nos calabouços das fortalezas onde as brisas que lhes chegam aos narizes não são decerto tão perfumadas como as brisas cantadas pelo jornal do sr. Rui Barbosa. E o que faz o governo? O governo limita-se, e isso mesmo nem sempre, a fazer declarar pelos jornais amigos que o cidadão fulano, preso à ordem do ministro da Justiça, é considerado criminoso político.

Criminoso político! Expressão nova no Brasil, mas da qual se serviam freqüentemente Rosas e os seus imitadores nas infelizes tiranias republicano-militares da Hispano-América[28].

O Rio de Janeiro era infestado por uns malfeitores conhecidos pelo nome de *capoeiras*; muitas vezes a polícia tentou pôr cobro a seus crimes, prendendo-os e sujeitando-os ao julgamento de tribunais regulares encarregados de aplicar a lei escrita como se fazia então no Brasil, segundo o costume dos países civilizados. A imprensa bradava logo em nome das liberdades individuais conculcadas, e a justiça tinha de recuar. A ditadura, que não conhece lei e despreza a imprensa, emudecida subitamente, tem deportado um grande número de indivíduos justa ou injustamente qualificados *capoeiras*[29]. É possível que muito desafeiçoado das autoridades, a pretexto de ser *capoeira*, tenha ido parar à ilha de Fernando de Noronha sem que lhe reste meio algum de reclamar.

O conde de São Salvador de Mathosinhos, cidadão brasileiro e titular português, que adiantou capitães para a propaganda da república, mantendo um grande jornal, *O Paiz*, folha dispendiosa pelo seu formato e por ser seu redator-chefe o sr. Quintino Bocaiúva, achou-se, por desgraça de um seu irmão, envolvido na questão dos capoeiras. O chefe de polícia do Rio de Janeiro entendeu que esse irmão era capoeira. O sr. conde pretendeu que o chefe de polícia perseguia o seu irmão por umas rivalidades inteiramente estranhas às questões políticas e policiais. O irmão do conde republicano foi preso e leva-

---

28. Dr. João de Menezes Dória, preso, vindo do Paraná recolhido à Casa de Detenção e depois à fortaleza de Santa Cruz (*O Paiz*, de 29 de abril); Valeriano do Espírito Santo, preso, visto ser criminoso político, diz o *Diário de Notícias*, de 10 de maio; Dr. Henrique Alves de Carvalho, secretário do Clube Federal 15 de Novembro, recolhido à prisão também como criminoso político; Gaspar Sérgio Luiz Barreto, preso à ordem do ministro da Justiça e trazido do Rio Grande do Sul ao Rio de Janeiro: "ficou detido devendo ser hoje apresentado àquelle ministro por crime politico", diz o *Diário de Notícias*, de 7 de maio. Vários outros fatos da mesma natureza são referidos pelos jornais.
29. Segundo os últimos jornais, há em Fernando de Noronha 162 pessoas *deportadas* pela ditadura.

do para Fernando de Noronha. Grande dor do sr. conde. Essa dor, porém, parece-nos ilógica. O jornal do sr. conde de Mathosinhos aplaudiu todas as arbitrariedades da ditadura militar cujo advento o sr. conde tanto favoreceu. O que é digno de aplauso, quando se trata de outros cidadãos, não pode ser censurável quando se trata de um irmão do sr. conde. Ouçamos no entanto a S. Exa.:

> Não me incitariam a collocar o *Paiz* em viva opposição os pungentes aggravos que eu recebera? E n'este caso, como não temer os excessos tyrannicos de uma auctoridade que tão arbitraria se mostrou ainda quando em mim sómente via um amigo sincero?
>
> E sabe alguem até onde vai hoje, até onde chega para cada um de nós o direito de queixar-se, o direito de gemer? Eis por que deliberei passar a folha da minha propriedade a outros mais felizes.
>
> A toda a gente honesta e briosa, ao publico, de cujo bom senso espero a approvação do meu procedimento, sómente ainda direi que, na esphera da minha actividade, como proprietario do *Paiz*, poderei talvez ter-me enganado quanto aos homens e ás coisas da nossa terra, mas que, se acaso errei, fi-lo de boa fé e com intuitos patrioticos. Cedo me desenganei, e oxalá o futuro não traga a muitos outros, desenganos tão amargos como os que me fizeram soffrer.[30]

Depois desta despedida, o sr. conde de Mathosinhos vendeu por mil contos de réis fracos o seu jornal ao banqueiro da ditadura, o sr. Mayrink, e resolveu partir para a Europa. Os compatriotas do sr. conde, que não têm jornais para vender por tão grande preço aos banqueiros do sr. Rui Barbosa, e que não podem separar-se da tirania pela largura do oceano Atlântico, esses que fiquem no Brasil sujeitos a todos os despotismos da ditadura que o sr. conde ajudou a levantar e da qual, por um justo castigo, o sr. conde de Mathosinhos é uma das vítimas. Felizmente é uma vítima opulenta e pode deixar o Brasil como os paraguaios, que abandonavam o Paraguai e emigravam para o Brasil, diz eloqüentemente o general João Severiano da Fonseca, "com receio da liberdade republicana".[31]

A ditadura não se limita a impor o silêncio à censura pública por meio da violência. Ela quer a humilhação universal perante a sua prepotência.

---

30. *O Paiz* e *Gazeta de Notícias*, de 28 de abril.
31. Dr. João Severiano da Fonseca, *Viagem ao redor do Brasil*, tomo I, p. 289.

Quando caiu a monarquia a 15 de novembro, o sr. Carlos de Laët, redator-chefe da *Tribuna Liberal*, não suspendeu o seu jornal. Durante mais de um mês o corajoso jornalista fez frente à ditadura, e, na história, o seu nome ficará honrado como o do único escritor público que, no Rio de Janeiro, ousou afrontar a tirania do quartel ao serviço do jacobinismo. Em 24 de dezembro o sr. Quintino Bocaiúva declarou ao redator da *Tribuna Liberal* que o governo não toleraria por mais tempo um jornal de oposição, e que as penas de sedição militar seriam aplicadas aos jornalistas adversos à ditadura, em vista do decreto de dia anterior. O jornalista teve de conservar-se silencioso e de, recolhido aos seus estudos, consagrar-se exclusivamente a ensinar com zelo e proficiência no Colégio D. Pedro II, onde era professor.

A ditadura republicana que, nos primeiros dias do seu triunfo, exerceu verdadeiros atos de garotagem e de vandalismo, destruindo monumentos públicos, arrancando escudos, removendo retratos e quebrando coroas, mudou o nome do *Colégio D. Pedro II* para *Instituto Nacional de Instrução Secundária*. O sr. Quintino Bocaiúva, dias depois da sua instalação no poder, mandou por um aviso arrancar de um velho chafariz do tempo da colônia a coroa real de Portugal.

A França republicana não desfigura os seus monumentos, arrancando-lhes os emblemas e os sinais dos antigos regimes monárquicos. Estes emblemas pertencem à história, indicam a época da construção dos edifícios; as flores-de-lis da realeza, as águias napoleônicas vêem-se por toda a parte. Nos Estados Unidos, há edifícios ainda assinalados pelo escudo e pela coroa da Grã-Bretanha. No Brasil, o vandalismo jacobino e inconsciente destrói e mutila os vestígios da história brasileira. E na França lembrou-se jamais algum ministro de mudar os nomes do Liceu Henrique IV, do Liceu S. Luís, do Liceu Luís O Grande por estar a França debaixo do regime republicano[32]?

---

32. No Louvre vê-se uma prova do que dizemos. As iniciais, coroas e escudos assinalam a parte antiga dessa colossal construção. Em outros lugares, vêem-se as coroas e as águias do primeiro e do segundo império com as iniciais dos dois Napoleões, a coroa e as iniciais de Luís Filipe e, por fim, o emblema da terceira República com as iniciais R. F. A República Francesa tem a honestidade de respeitar os legados dos seus predecessores e de só marcar com os emblemas republicanos os monumentos que ela própria levanta. Na praça Vendôme vê-se a coluna de Napoleão destruída pelo vandalismo comunista e reconstruída pela República com as águias, as coroas imperiais e a estátua do grande capitão. A gradaria monumental do Palais de Justice foi destruída durante os incêndios da Comuna. A república mandou fundir outra igual e nela conservou as antigas armas reais com a coroa e as flores-de-lis. Em Versalhes vê-se o mesmo por toda a parte. Por cima da

O sr. Carlos de Laët, professor vitalício do recém-chamado Instituto Nacional, propôs em congregação que se representasse ao Governo Provisório, pedindo-lhe que, em honra do fundador daquele estabelecimento de instrução, fosse restituído ao Instituto o nome de Pedro II.

O que fez o sr. Benjamin Constant, ministro da Instrução Pública? Demitiu o sr. Carlos de Laët do cargo vitalício de professor. E isto fez o sr. Benjamin Constant que, no tempo do Império, em vez de ensinar matemática para o que era pago, enervava e emasculava os seus alunos e futuros soldados com umas atoleimadas sociologias expostas no ridículo e antigramatical algaravio que temos apreciado nos seus discursos e decretos. À sombra dos seus numerosos empregos o sr. Benjamin Constant conspirou contra as instituições que jurara defender e incutiu o espírito de indisciplina no exército brasileiro, que dos seus antigos mestres tinha recebido lições mais úteis e, sobretudo, exemplos mais nobres.

O pretendido Governo Provisório que a 15 de novembro proclamou à Nação que respeitaria todos os direitos adquiridos dos cidadãos e dos funcionários, na sua qualidade de simples agente temporário da soberania nacional, violando os direitos do sr. Carlos de Laët, mais uma vez mentiu sistematicamente à sua palavra e afirmou a sua intenção de fazer entrar bem no espírito público a idéia de que hoje, no Brasil, não há mais um só lugar.

Où d'être homme d'honneur on ait la liberté!

O sr. Carlos de Laët nada propôs de contrário às futuras instituições republicanas que a ditadura vagamente promete ao Brasil. Uma homenagem de respeito ao velho fundador da instituição de que ele era professor não é um atentado contra a república. O ilustrado professor nunca foi um áulico, nunca foi coberto de favores pelo velho

entrada dos senadores e do portão dos deputados estão as armas reais. Os palácios dos antigos soberanos são conservados no seu estado primitivo pela república. No Brasil, a ditadura apoderou-se do Paço de São Cristovão, que em 1822 era um barracão sem valor onde Dom Pedro I e Dom Pedro II enterraram mais de dois mil contos saídos da lista civil. Apoderou-se a ditadura do palácio construído pelos dois soberanos e não quis deixar intactos os modestos aposentos habitados pelo sr. Dom Pedro II, sem dúvida porque a singela aparência daquelas salas lembraria à posteridade a simplicidade de vida e o desinteresse que tanto honram o velho imperador. A residência do fundador da independência do Brasil e do sr. Dom Pedro II vai ser, a pretexto de Museu Nacional, transformada em depósito de bichos empalhados.

Imperador como o sr. Benjamin Constant; ganhou em brilhante concurso a sua cadeira de mestre e nunca fugiu ao cumprimento dos seus deveres como o sr. Benjamin Constant, o prudentíssimo filósofo e o mau mestre que, vestindo uma farda que não honrou e cingindo uma espada que não desembainhou, se eclipsou diante das balas paraguaias quando milhares e milhares de paisanos bateram-se heroicamente, tomando o glorioso título de "Voluntários da Pátria", enquanto o sr. Benjamin Constant foi apenas o voluntário do orçamento e do seu sossego. A homenagem que o sr. Laët quis prestar ao fundador do antigo Colégio Pedro II nada tinha de contrário às idéias republicanas. Esta homenagem pareceu, porém, coisa intolerável ao antigo protegido da monarquia, o sr. Benjamin Constant, que, não podendo ferir o seu protetor, hoje banido e fora do alcance da ditadura, feriu o sr. Laët pelo crime de haver querido recordar o honrado nome do velho soberano.

A ditadura é, porém, incoerente porque é injusta, porque, não conhecendo lei, a igualdade e a lógica são-lhe também desconhecidas. Um irmão do ditador, médico do exército e membro do Instituto Histórico Geográfico do Rio de Janeiro, na sessão celebrada por esta sociedade em 26 de novembro, teceu os maiores louvores a Dom Pedro II. Disse o dr. João Severiano da Fonseca:

> Quaesquer que sejam os sentimentos patrioticos que animem os brazileiros, ha sempre logar para o são, o justo, o honesto, para os sentimentos de hombridade, de dignidade e de humanidade, sentimentos cuja ausencia é o indicio de que periclita a honorabilidade social, sentimentos cuja ausencia bem se define na expressão conhecida – falta de sentimentos... O Instituto, diz a moção que o dr. Fonseca apresentou, sente profundamente não vêr mais em seu gremio, animando-o e dirigindo-o, o seu augusto e venerando Protector, que desde os seus começos o amparou com especial e indefectivel amor, que ha quarenta annos tamanho lustre lhe tem dado, presidindo pessoalmente os seus trabalhos nos quaes era o mais assiduo e constante companheiro. O Instituto faz votos ao Omnipotente pela saude e felicidade de S. M. o Senhor D. Pedro II e de S. M. a Imperatriz, sua virtuosissima consorte, e espera que lá do exilio o Grande e Magnanimo Brazileiro não se esquecerá da sua associação predilecta.[33]

---

33. *Gazeta de Notícias*, de 7 de dezembro.

O dr. Fonseca, médico do exército e irmão do marechal Deodoro, não foi demitido. Foi até promovido como cirurgião do exército e teve o título de general, como quase todo o mundo.

Quem tem irmão ditador pode ser digno, pode ser grato, pode ser magnânimo. Quem não é irmão da ditadura terá de recolher-se ao mais humilhante silêncio.

Eis até onde a ditadura pode conduzir um país que era considerado no mundo das nações civilizadas.

*
* *

Dois episódios característicos do militarismo foram as deposições tumultuárias dos governadores da Bahia e do Rio Grande do Sul. Estas pequenas revoluções foram militares. O governador deposto na Bahia telegrafou à imprensa do Rio de Janeiro dizendo: "Nenhuma reunião popular houve contra mim. A imprensa neutra e republicana protestou contra a asseveração dos telegramas que não passam de uma trama urdida por alguns politicos de profissão, porque não quiz servir-lhes de instrumentos. O Marechal Hermes foi quem os convocou, communicando-me por carta o resultado da convocação. Recebendo esse documento resolvi convidar o Marechal Hermes a assumir o governo e a pedir a minha demissão." É verdade que esse governador tinha desgovernado a valer. O marechal Hermes da Fonseca, outro irmão da ditadura, constituindo sob sua responsabilidade o governo da Bahia, prestou talvez um serviço, e a república nada lhe pode exprobar desde que o seu princípio é que o exército e a armada podem constituir governos.

No Rio Grande do Sul a situação não está ainda clara. Até o dia 17 de maio, última data a que alcançam os jornais da cidade do Rio Grande, ali só se tinha conhecimento do fato por este lacônico telegrama do general Machado Bittencourt: "Por motivos superiores, manter ordem publica e evitar effusão de sangue, foi deposto vice-governador Tavares, assumindo eu governo do Estado."

O correio esteve interrompido e o telégrafo trancado não só para o Rio de Janeiro como para todo o Estado.

Mais tarde, o *Echo do Sul* recebeu uma carta narrando os acontecimentos. A revolução de Porto Alegre foi a reprodução em pequeno do 15 de Novembro no Rio de Janeiro: a Escola Militar revoltada, defecção da tropa etc., e outros incidentes reveladores da indisciplina militar e do perigo incessante a que de ora em diante toda a autoridade está exposta no Brasil, onde prevalece a escola do militarismo político de que é pontífice o sr. Benjamin Constant, o general nunca visto... nas batalhas.

Eis os fatos de que a *Gazeta de Notícias* transcreve a narração do *Echo do Sul*:

> A escola militar foi armar-se no firme proposito de reagir.[34]
>
> Então, o vice-governador, de combinação com o general commandante das armas, providenciou para que uma ala do 30º batalhão fosse guardar a escola, no sentido de impedir a sahida dos alumnos, emquanto a outra ala do mesmo corpo guardava o palacio do governo e fazia outros serviços pela cidade.
>
> O 13º batalhão, armado préviamente, encaminhou-se para a Escola Militar, intimando a ala do 30º a deixar sahirem os alumnos ou então a entrar com ella em lucta, *cedendo a ala, pois veio com os alumnos, conduzindo quatro canhões*.[35]
>
> Toda a força reunida tomou a direcção do palacio, vindo adiante o general commandante das armas, que participou ao governador *que a força armada vinha com o fim de apeal-o do poder,* declarando mais que no dia seguinte 1:500 homens tomariam a mesma resolução, afim de evitar a effusão de sangue.
>
> Assim inteirado, o vice-governador reuniu os dez ou doze officiaes que se achavam em palacio, consultando-os se era possivel a resistencia, e esses officiaes declararam-lhe *que não podia contar com o apoio da força.*
>
> De posse de tal confirmação, o vice-governador resolveu depôr o poder na pessoa do general commandante das armas, pedindo para retirar-se, ao que objectou aquelle general, que s. excª não podia sahir sem que chegassem os *commandantes e os corpos que o vinham depôr.*

Quantas cenas destas o militarismo não prepara para o futuro?

À desordem e à indisciplina no interior, o militarismo político alia o desprestígio no estrangeiro.

O *Diário de Notícias* de 8 de maio conta que o *Diamantino*, paquete postal brasileiro, ao passar em frente à ilha de Martim Garcia, na embocadura do Uruguai, foi detido por um escaler tripulado por mari-

---

34. Reagir contra a fundação de um dos bancos do sr. Rui Barbosa. Em que país sério os alunos das escolas militares metem-se a resolver questões bancárias?
35. Novo e *glorioso* exemplo de traição.

nheiros de uma canhoneira argentina que apontaram as armas contra os passageiros do paquete, na sua maior parte oficiais do exército brasileiro e funcionários do Estado em viagem para Mato Grosso[36].

No dia seguinte, o ministro argentino, sr. Enrique Moreno, chegou ao Rio de Janeiro. O ministério da ditadura praticou então um ato nunca visto em país algum, onde no governo prevaleça a noção da dignidade nacional. O sr. Deodoro e os seus oito ministros escreveram uma carta coletiva ao diplomata recém-chegado, felicitando-o calorosamente pela sua volta ao Rio de Janeiro.

Este ato *rastaqüeresco*, fora de todos os usos da diplomacia civilizada, é característico. As autoridades argentinas desrespeitam o pavilhão brasileiro, e o governo, com seus generais todos, curva-se diante do representante do país de onde parte a ofensa...

A ditadura militar é no interior a supressão da liberdade. No exterior, o seu nome é aviltamento.

*
* *

A ditadura do Brasil é a suprema expressão do histerismo político. Por isso ela é às vezes sentimental. Depois da mania dos bons ordenados, os militares e os civis, que compõem essa ditadura, não têm preocupação mais grave do que a das festas e das manifestações, que acabam quase sempre por presentes que os superiores recebem dos inferiores; costume altamente aprovado pelo governo e destinado decerto a desenvolver no povo o sentimento da dignidade individual, da independência e do civismo. A mania da fraternidade americana é que mais intensamente grassa nas esferas governamentais. A esse propósito, há quase todas as semanas uma festa de que saem todos, por causa do calor, da retórica e das libações, com as camisas muito suadas, o cérebro um pouco mais desequilibrado e o fígado mais afetado. Essa superexcitação destrói a clareza da visão intelectual, oblitera a consciência moral. A mentira e a verdade, o justo e o injusto são noções que se confundem e se destroem nas inteligências e nos corações. Só esse estado mórbido, agravado pelo meio deletério, explica certos fatos.

---

36. Todos esses oficiais e passageiros assinaram uma exposição publicada pelos jornais do Rio de Janeiro.

Distingue a ditadura a verdade da mentira? Não. Tomemos um exemplo:

O sr. Rui Barbosa telegrafou para a Europa dizendo que o Imperador recebera ao partir cinco mil contos que lhe dera a ditadura. O sr. Dom Pedro II chegou a Lisboa em 7 de dezembro e a Europa soube que o sr. Rui Barbosa havia mentido em seu próprio nome e no dos seus colegas. Para memória desse episódio vergonhosíssimo para a ditadura transcrevemos os seguintes documentos:

– Noticia dada pelo *Paiz*, orgão redigido pelo ministro das relações exteriores Quintino Bocaiuva, número 1869, de 19 de novembro de 1889.

CONFERENCIA COM D. PEDRO. – Tendo o governo da Republica Brazileira encarregado o tenente de infantaria Jeronymo Teixeira França, de entregar a D. Pedro de Alcantara o decreto em que era regulada a doação de 5.000 contos concedida para as despezas de viagem e installação na Europa do ex-imperador e sua familia, solicitou aquelle official do arsenal da marinha uma lancha, e, acompanhado pelo tenente Agostinho Rosauro d'Almeida, que commandava uma escolta de vinte homens, dirigiu-se ás quatro horas da madrugada de 16[37] para bordo do cruzador *Parnahyba* onde se achava embarcada a familia deposta.

Ao entrar á bordo do *Parnahyba*, encontrou elle sentados, em semi-circulo, o snr. D. Pedro de Alcantara e quasi todos os membros de sua familia. Achavam-se todos pallidos: a consternação, a angustia profunda manifestavam-se visivelmente em todas as physionomias. D. Pedro de Alcantara, se bem que muito impressionado, conservava-se apparentemente tranquillo, e sua cabeça, parecendo não querer curvar-se ao peso da idade e da impressão angustiosa que o dominava, mantinha-se levantada, ostentando altivez e nobreza de caracter. Acercando-se do grupo que se achava no tombadilho, o tenente França curvou-se respeitosamente, *mas sem exaggero*, e disse o seguinte ao snr. D. Pedro de Alcantara:

– *O governo concedeu-me a honra de vir respeitosamente depôr nas vossas mãos o documento que aqui apresento.*

– *Que governo?* perguntou D. Pedro, mostrando absoluto esquecimento de tudo quanto se passára.[38]

– *O governo do Brazil*, repetiu simplesmente o official.

---

37. Há erro de data. O fato se deu na madrugada de 17.
38. O Imperador não sabia com efeito que governo era o governo instalado.

— *Mas esse documento o que é?* perguntou D. Pedro, hesitando receber a folha de papel em que fôra lavrado o primeiro decreto dos Estados-Unidos do Brazil e que lhe offerecia de braço estendido o tenente encarregado d'essa missão espinhosa.

— *Este documento*, contestou-lhe, *é o decreto que regula o futuro da vossa família.*

— *O decreto que regula?...* replicou D. Pedro em duvida.

— *O futuro da vossa família*, accrescentou o portador de governo, completando a sua primeira phrase.

Em seguida, vendo que o snr. D. Pedro de Alcantara hesitava ainda em aceitar o papel que lhe era estendido, accrescentou o tenente França com entonação convicta:

— *Podeis, senhor, aceitar este documento; elle é muito honroso para a vossa pessoa.*

Foi então que o snr. D. Pedro se decidiu a aceital-o, proferindo a seguinte phrase:

— *Está bom, dê cá.*

Em seguida desejou o tenente França boa viagem a toda a familia, fez uma cortezia e dirigiu-se ao portaló para tomar a lancha que estava atracada á bordéste da *Parnahyba*. N'essa occasião o principe D. Pedro Augusto, agradecido pelo modo por que acabava de ser tratado o seu velho avô, acompanhou o tenente França até á escada, apertou-lhe a mão com effusão e cortezia e disse:

— *Adeus, passe bem, passe bem.*

Eis a narração oficial e autêntica redigida no mesmo dia do acontecimento (17 de novembro), publicada dois dias depois (19 de novembro) no jornal do ministro dos estrangeiros. A família imperial, depois da retirada do tenente Teixeira França, pouco antes das cinco horas da madrugada, não comunicou mais com a terra, continuando prisioneiro o Imperador. A *Parnahyba* partiu para a Ilha Grande, estacionou na enseada do Abrahão, e a família imperial na noite seguinte, em frente à baia do Rio de Janeiro, com todas as dificuldades e perigos de um mar agitado, foi passada para bordo do paquete *Alagoas*.

Em 29 de novembro, o *Alagoas* chegou a São Vicente e o Imperador, nesse mesmo dia, escreveu ao seu mordomo e procurador a seguinte carta que foi publicada no *Paiz* e no *Jornal do Comércio*, de 28 de dezembro, pelo destinatário visconde de Nogueira da Gama:

Tendo tido conhecimento, no momento da partida para a Europa, do decreto pelo qual é concedida á familia imperial, d'uma só vez, a quantia de cinco mil contos, mando que declare que não receberei, bem como minha familia, senão as dotações e mais vantagens a que temos direito pelas leis, tratados e compromissos existentes, e, portanto, se tiver recebido aquella quantia, deverá restituil-a sem perda de tempo. Recommendo outro sim, que, cingindo-se estrictamente aos termos d'esta communicação, dirija officio, que fará immediatamente publicar, e do qual me remetterá cópia. (Assignado) *D. Pedro de Alcantara*.

Bordo do *Alagôas*, ao chegar a S. Vicente das Ilhas de Cabo Verde, 29 de novembro de 1889.

A 7 de dezembro chegava o Imperador a Lisboa e desfez-se na Europa a calúnia que contra o velho soberano havia lançado o sr. Rui Barbosa.

A ditadura lançou então o decreto de banimento da família imperial, primeiro decreto deste gênero jamais publicado no Brasil. O primeiro considerando desse decreto passará à história como um monumento de ignomínia e de falsidade:

O marechal Manoel Deodoro da Fonseca, chefe do Governo Provisorio, *constituido pelo exercito e armada* e em nome da nação, considerando:

Que o snr. D. Pedro de Alcantara depois de *aceitar e agradecer aqui o subsidio de* 5:000 *contos para ajuda de custo do seu estabelecimento na Europa*, ao receber das mãos *do general que lh'o apresentou* o decreto onde se consigna esta medida, muda agora de deliberação recusando receber esta liberalidade.

O cinismo desta falsidade com que a história há de perpetuamente infamar os nomes dos signatários de tal decreto é tão extraordinário e revoltante que haverá quem entre em dúvida sobre a integridade mental e moral dos membros de um governo que não hesita em forjar e em assinar documento tão desonroso.

Vimos pela exposição oficial publicada logo depois do acontecimento:

1º que o decreto foi entregue ao Imperador pelo tenente França;

2º que o Imperador não tomou conhecimento do decreto senão ao partir e estando prisioneiro;

3º que apenas se viu livre de constrangimento e teve meio de comunicar-se com o Rio de Janeiro, de São Vicente, escreveu recusando.

E, apesar disso, a ditadura forja esta mentira indecorosa, digno preâmbulo de um decreto de banimento.

Quando e onde o Imperador lhe agradeceu esse decreto? Quem é esse general anônimo?

A ditadura nunca poderá dizer o nome desse general. A calúnia desfaz-se por si mesma. Assim tenha a história piedade dos pobres irresponsáveis que tiranizam a sua pátria.

*
* *

Falando dos exércitos e do militarismo napoleônicos, diz Littré: O que brotava sob os seus passos não era a civilização; era a opressão militar, o aniquilamento de toda a liberdade, a insolência rapace do vencedor e o ressentimento irreconciliável do vencido.

Littré não conheceu o militarismo do sr. Benjamin Constant e consortes. O militarismo de Napoleão foi a glória de cem batalhas, a bandeira tricolor flutuando em todas as capitais da Europa. Esse militarismo destruiu, porém, a liberdade e fez-se instrumento da injustiça tirânica, e por isso a história vê hoje antes os males que ele fez do que a glória que conquistou.

O militarismo de 15 de novembro enrolou os estandartes que flutuaram nos campos gloriosos do Paraguai e colocou-se à sombra do escorpião positivista que campeia na horrorosa e desfrutável bandeira que a insuficiência estética e a condenável ignorância da ditadura impuseram ao país. Esse militarismo não tem por si glória alguma, e o seu digno chefe é o sr. Benjamin Constant, das batalhas sempre ausente.

O militarismo de 15 de novembro passou depressa da traição para o ridículo. No dia 25 de maio, aniversário da independência da República Argentina, o generalíssimo Deodoro criou *generais-de-brigada* todos os seus ministros. O chefe de polícia do Rio de Janeiro foi feito coronel, e foi decerto o generalíssimo movido a este ato hilariante de magnanimidade ditatorial pelos conselhos do sr. Benjamin Constant, desejoso de ter companheiros do ridículo.

E isto é que será a história para a posteridade!! O burlesco decreto, fazendo generais a uns advogados e jornalistas, lembra os mais cômicos episódios da história do Haiti. O primeiro sentimento de indignação que este ato desperta é logo substituído pela mais sincera hilaridade. A imprensa européia divertiu-se largamente à custa dos novos generais, e os soldados ficaram fazendo triste idéia das coisas militares do Brasil já bem desacreditadas desde que o mundo soube que no Brasil, como no Peru, também havia *pronunciamientos*[39].

Já não é possível verberar atos dessa ordem que todos os dias se sucedem no Brasil. Aquilo já não é militarismo nem ditadura, nem República. O nome daquilo é carnaval.

*
* *

Todos os correios do Brasil trazem-nos grande número de cartas vindas de todos os pontos do país felicitando-nos pela nossa oposição à ditadura militar que aflige aquela nação. Muitas dessas cartas apontam-nos fatos da maior gravidade e pedem-nos que denunciemos estes fatos que a imprensa brasileira não pode noticiar nem comentar. Agradecemos as palavras benévolas que recebemos de cidadãos de todas as classes sociais, mas julgamos que a *Revista de Portugal*, não deve ocupar-se senão de fatos que são inteiramente do domínio público e sobre cuja veracidade não possa haver a menor dúvida. A leitura do *Diário Oficial* basta-nos para isso.

O Brasil está sob o domínio da espada do generalíssimo Deodoro, "espada prestimosa", disse o sr. Benjamin Constant, "que é a estrella que guia o Brazil no caminho da liberdade"[40]. Há, porém, quem tenha na devida estima esse fulgurante utensílio que, sendo gládio glorioso nas batalhas, é na paz uma gazua para forçar as portas do poder e as fechaduras do Tesouro Nacional, em proveito dos amigos e colegas. A espada dos generais é para as nações o que são certos

---

39. O *Temps* e o *Journal des Débats*, os mais sérios e importantes entre os jornais republicanos, manifestaram o seu espanto ao noticiar o fato.
40. Discurso pronunciado na Escola Militar em 25 de maio ao entregar aos alunos uma bandeira bordada pelas filhas do sr. ministro. *Prestimosa espada!* Julgávamos que no Brasil só eram *prestimosas* as *mucamas*. Parece que agora há lá também a *espada prestimosa* e bem chamada, porque com ela arranjam-se bons ordenados, promoções para si mesmo e para os parentes, empregos para todos os sobrinhos etc. etc.
    Lembrou-se alguém jamais de falar na *prestimosa espada* de Napoleão? Esta glória estava reservada ao sr. Deodoro.

venenos na medicina. São coisas de uso externo. Só é nobre a espada desembainhada contra os inimigos da pátria; já não merece esse título quando é empregada contra a população desarmada, contra as leis, em satisfação de vinganças pessoais e em proveito próprio. Essa espada pode dominar, pode escravizar um povo, não fará, porém, do erro verdade, nem da injustiça o direito.

As vozes da consciência nacional, hoje emudecidas no Brasil, hão de um dia clamar bem alto. E os mamelucos da ditadura que, não ousando desmentir os fatos que apontamos e não podendo dizer que afirmamos falsidades, dizem que somos um anônimo, esses ajudarão a gritar contra a ditadura decaída com mais convicção do que a que hoje simulam ter.

O que escrevemos há de ser lido no futuro. Esta *Revista* figurará sempre nas bibliotecas da literatura portuguesa, e, quando o Brasil tiver voltado à vida normal das nações livres, quem folhear estas páginas há de estimar o escritor que se revoltou contra a ditadura da inconsciência jacobina e soldadesca.

Ninguém duvidará então de que quem escreve estas linhas só atacou os dominadores do Brasil porque, como homem civilizado e do seu século, aborreceu a traição, amou a liberdade e detestou a tirania.

11 de junho de 1890.
FREDERICO DE S.

IMPRESSÃO E ACABAMENTO:
YANGRAF Fone/Fax: 6198.1788